Vente Berlin 1852. N° 1102.

Recueil de fables orné de fort jolies gravures.

ESBATEMENT MORAL, DES ANIMAVX.

Louez le Seigneur vous qui estes de la terre, dragons & tous abysmes. Bestes, &
tous troupeaux, serpens, & oyseaux qui ont ailes. Psal. 148. 7. 10.

A ANVERS.
Chez Philippe Galle.

C.

A

A TRESNOBLE SEIGNEVR CHARLES,
de Croy, Prince de Chimay, Baron de Rotſe-
laer, de Quieurain &c.

Onſiderant, treſilluſtre & genereux Prince, que Philippe Galle
auoit intention de m'enuoyer vers voſtre Excellence, pour m'expo-
ſer en lumiere ſouz les ailes & garant de voſtre Seigneurie, vne honte
craintiue ſe vint mettre au deuant de moy, me ſuadant de ne marcher
plus outre: tant pour n'eſtre entierement nouueau, à cauſe que i'ay deſia
eſté veu en partie des Flamengs, comme auſsi pource qu'a voſtre Excel.
(eſtant Prince Chreſtien) il ſemble eſtre plus coüenable d'eſtudier en L'E-
uangile, qu'en moy: Mais ledit Galle apperceuant ma vergoigne fuytiue,
me dit que ie marchaſſe hardiment, & ſans aucune doute, comme eſtant
tout nouueau en la langue Françoiſe, & que ie n'auoy pas encore eſté veu
en telle ſorte: Meſme que ie ſuis de beaucop de tiltres excellens, de pluſieurs nouuelles Figures (auec amendement & embelliſſement des prece-
dentes) & diuers paſſages de l'Eſcriture ſainte, accommodés aux Figures
& Sonets, ſi bien changé & orné, que le luſtre que i'ay à preſent, ſurpaſſe
de beaucoup celuy que i'auoy au parauant. Voire que la viue verité meſme vſe de moy, par tout ſon Euangile, en ſaintes ſimilitudes, & gra-
ues paraboles: & que pourtant ie ne deuoy, dit il, craindre ny eſtre honteux de m'addreſſer à voſtre Exce. eſtant ledit Philippe bien ſeur (comme il me deſoit auſsi) que pour l'honneſte et l'ouable plaiſir que voſtre Ex.
prend en toutes bonnes ſciences, ie ſeroye aggreable aux yeux d'icelle.
M'aſſeurant donc ſur ſes parolles i'ay pris humble hardieſſe de me venir
preſenter deuant voſtre Excel. A la bonne grace de laquelle, Galle mon
nourricier, auſsi bien que moy, auec toute deuë Recommandation ſ'offre
entierement. Eſperant que ſa grandeur ne meſpriſera point ma petit eſſe,
ains la receura ſelon ſa beneuolence accouſtumée, en bonne part, me tenant
à touſiours ſouz ſa protection fauorable. Ce que nous prions bien humblement. D'Anuers ce 20. de Septembre. 1578.

Voſtre treſhumble.

Eſbatement moral.

A 3

VIen voir icy Chrestien, animal raisonnable,
  Et des bestes appren, l'estat du monde vain:
Qu'elle vie est la vraye & qu'elle abominable:
Que c'est de la vertu & du vice vilain:
D'imiter leur conseil n'aye honte, ou desdain,
Ains plustost te rougis, de viure ainsi en beste,
Qu'vn simple homme payen te monstre tout à plain,
Que tu n'as que le nom de son estre en la teste.

 Ces fables, il est vray, sont vieilles & communes,
Mais pleines de bon sens & d'vn sçauoir expert.
Qui te preseruera de maintes infortunes,
Si tu reçois le bien dessouz l'escorce offert.
Cil aduient quelque fois que ton mal y appert,
N'entre en cholere adonc, meilleure vie mene:
Bien que la verité sans picquer ne se part,
Tu n'y trouueras fiel qui du miel ne t'amene.

  Viens, ò Peintre aussi, & Tailleur de figures,
En ce bois & forrest à ton aise verras
Des animaux au vif leurs formes & statures,
Voire si proprement que faute n'y auras,
Mesme d'vn gay parler, qu'en voyant tu orras.
Soit donques guerdonné, de pris & de louange,
Cil qui l'a entrepris, Le vice excuseras:
Sans Dieu nul n'est parfait, & fust ce mesme vn Ange.

  Et toy Poëte François, vray amateur des Muses,
Tu y verras aussi des Heroïques vers
En Sonets bien troussez: qui par deux cornemuses
(A Londres entonnez & finiz en Anuers)
Font sauter, à l'ennuy, Oyseaux bestes, & vers.
Mais si leur Harmonie aucunement differe,
Donne la coulpe au temps, qui est bien si diuers
Que l'homme ne fait tout cela qu'il espere.

MAis qu'eſt il de beſoin de raconter ſi bien
    Et de ſi bien grauer: & de ſi bien eſcrire?
Pour des fables ſans plus, qui ſont faictes pour rire,
A quoy ſert tant de peine, & n'apporter nul bien?
    La Muſe, le pinceau, & la plume, combien
Trauaillent ils, en vain, pour follement deduire.
Ie ne ſçay quoy, dict on, qu'on baille au môde á lire
Pour y perdre ſon temps, puis quil ne ſert de rien?
    Ie reſpon, voirement, que ce ne ſont que fables:
Mais qui n'enſeignent rien que propos veritables
Qui nous pendent à l'œil, et en tout lieux encor.
    Il ſeroit donc beſoin, en choſe ſi bien faincte
Que tout y fut graué, & la doctrine peincte
Comme on fit chez Creſus en lettres toutes d'or.

SONET.

VN Cheual descharné d'un chartier tout cholere
    Fut mis en vn tel lieu qu'il ne s'en peuſt tirer:
Dont le maiſtre irrité se meɕt à le bourrer,
Et l'enfondrer de coups en sa grande miſere,
    Lors le cheual luy diɕt, ne se pouuant deſſaire
De ce lieu tout fangeux, tu dois conſiderer
Que ma peau se deſrompt à force de tirer,
Et tu n'es point content de ce que ie puis faire.
    Non ce diɕt le Chartier, qui tiroit, qui preſſoit
Le cheual tout recreu, il faut, quoy quil en ſoit,
Que tu paſſes plus outre, ou bien que ie t'accable.
    L'exaɕteur faiɕt tirer le poure tout ainſi
Qui n'a rien que les os, toutefois ſans mercy
Il y cerche à manger, tant eſt inſatiable.

Allez donc, & besoignez, paille ne vous sera baillée, & si rendras le nom-
bre des briques accoustumé. Exo. 5. 18.

Du Lion & du Regnard.

SONET.

LE Lion, comme Roy, par mandement exprez,
Faignant d'estre mallade, à toutes autres bestes
Commanda de venir pour oüir leur requestes
Pour n'aduenant sa mort, estre en paix puis aprez,

Pourtant toutes y vont Mais le Regnard deprez
Regardant à la poudre, entre en grandes enquestes
En son cœur, pour leurs pas: disant, ha que vous estes
A vostre grand malheur, animaux indiscrets!

Poures bestes vrayment: Et vous plus les dernieres
Deüiez bien regarder aux pieds de ces premieres
Qu'vn seul n'est retourné de ces lieux perilleux,

O qu'il est aduisé qui n'est de compagnie
Attrapé finement dessous la tyrannie,
Couuerte de douceur, d'un prince cauteleux.

L'homme fin voyant le mal s'est caché: Les simples passans outre, ont fou-
stenu les dommages. Pro. 27. 12.

B

Du Chesne & de l'Orme.

AV Chesne ordonné Roy, l'Orme malin remonstre
  Que pour mieux s'establir il falloit mettre hors
Les arbres l'entourans: & par mille rapports
Animoit meschamment ce bon prince à l'encontre.

  Mais le Chesne l'oyant plain de courroux se mostre,
Luy repliquant ainsi: Et que fairay ie alors
Que ie seray battu des horribles effors
Des vens impetueux, & contre leur rencontre?

  Pourtant luy defendit sur peine d'encourir
Son indignation, & de bien tost mourir,
De n'approcher iamais de nul qui l'enuironne.

  Tel doit estre vn bon prince auecque ses vassaux:
Il doit participer à leurs biens, & leurs maux:
Et reietter bien loin le blame qu'on leur donne.

La dignité du Roy est en la multitude du peuple, & la honté du Prince est
au petit nombre du peuple. Pro. 14.²8.

B 2

SONET.

EN vn champ, le Lion oyant le Coq chanter
(Et c'eſt ceſa ſans plus, dict on, qui l'epouuente)
Prit auſsi toſt la ſuitte, & lors vn Aſne attente,
De courrir aprez luy & de prez le haſter.

Le Baudet eſtimoit, que pour le redouter
Le Lion detraquaſt: Mais puis il ſe preſente,
Quand la voix de ce Coq eſtoit bien loin abſente,
Vis à vis de ſon Aſne, & vient l'accrauanter.

Ha (diſoit le Lion) la grand' faute à qui penſe
Qu'un Lion craingne vn Aſne, & fuit pour ſa preſence?
Non, non, c'eſt pour ce Coq, qui m'ennuye & deſplaiſt.

Aprē dõc au iourdhuy ſoubs ma patte, à cognoiſtre
Qu'il ne faut point jamais ſ'attaquer à ſon maiſtre,
Ny vers les grás ſe faire, autre ou plus grãd qu'on n'eſt.

Ne ſtriue point auec l'homme puiſſant, de peur que tu ne tombes en ſes
mains. Eccle. 8. 1.
Ne veuille point reſiſter contre la face du puiſſant, & ne te force point
contre le coup de foudre. Eccle. 4. 32.

SONET.

CE vieil homme est chargé d'une telle misere,
   Qu'il tombe soubs vn faix qu'il ne peut soustenir,
Dont il s'escrie ainsi, ô mort vueille venir
A ce poure vieillart pour son heure derniere,

   A ce cry tout piteux voyci la mort meurtriere,
Tenant à sa main dextre vn dard prest à brandir:
Quoy voiant le poure homme, & son bras haut roidir
Pour l'eslancer sur luy, parle en ceste maniere.

   O mort ie t'appelois, non pour mettre vne fin
A ma vie, nenny: mais bien à celle fin
De m'ayder à charger, pour mon chemin poursuiure.

   Ainsi se passe vn mal, quand vn autre se void
Aduenir plus pesant: ainsi tant vieil qu'on soit,
Et tant de mal qu'on ait, on ne cerche qu'a viure.

Mieux vaut la mort que vie amere: & repos eternel, que longue maladie.
Ecle. 30. 17.
Le chien viuant vault mieux que le Lion mort. Eccle. 9. 4.

Du Basilique & de la Belette.

D'Vn Antre fort couuert vn long Serpent sortoit
    Par fois en vn iardin, pour y penser supprendre
Vn ieune Beletteau qui venoit là se rendre
Tous les iours pour manger, & sans fin l'y guettoit,
    La Belette tandis ne s'en espouuentoit,
Mais icelle au contraire osoit bien entreprendre,
Au pas de son grand trou de se mettre, & l'attendre,
Voire que dans son fort bien souuent l'arrestoit.
    Car tousiours elle auoit vne branche de Rue
(On dict asseurement qu'vne telle herbe tue
Tout serpent venimeux) pour en couurir son corps.
    Ainsi doit le petit pouruoir en son affaire
En s'armant prudemment contre vn grand aduersaire
Et par vn bon moien rompre tous ses effors.

Resistez au Diable, & il s'en fuira de vous. Iacob. 4. 7.
Prenans sur tout le bouclier de foy, par lequel vous puissez estaindre
tous les dards enflammez du malin. Ephes. 6.

C

SONET

Vn Singe eut deux fingeots qu'il print à grád amour,
   Au moins l'vn: Car de l'autre il n'eſtoit exercice
A quoy il s'addonnaſt qu'il ne luy ſemblaſt vice,
Ne luy ſoufrant chez luy de faire aucun ſeiour.

   Quant à l'autre Singeot il eſtoit tout le iour
A ſe donner plaiſir, à faire vne malice,
Il ſaute, il vire, il tourne, il ſe rompt vne cuiſſe,
Puis le pere ſuruient qui ſe lamente autour.

Il le tient en ſes bras, & ſi fort il l'embraſſe
Qu'il rend tout roide mort ſon Singeot en la place,
Et plus qu'au parauant c'eſt lors a ſe douloir.

   Tels ſont les ſols parens, leſquels ainſi aſſortent
Leurs malheureux enfans, & tant les amignottent,
Qu'ilz les perdent du tout pour plaire à leur vouloir.

Qui espargne la verge, il hait son fils: mais celuy qui l'ayme, il l'instruit sans cesse, Pro.¹ 3.24.

La confusion du pere vient du fils sans discipline, & la fille folle sera anné-antie, Eccle. 22.3.

SONET

VN Cheual bien adroit emmy les champs reclame
Le secours d'un Lion qu'il voyoit affamé
Faisant le medecin expert, & estimé
Et n'estant, disoit il, sans vn souuerain basme.

Donc le Cheual l'oyant, luy dict, ha ie me pasme,
Ayant vn de mes pieds de derriere entamé,
Tu sois donc bien venu medecin bien aymé,
Ie te supply bien fort de quelque cataplasme.

Lors le Lion faingnant le voir par grande pitié,
Le Cheual luy desserre vn vilain coup de pied,
Laissant ce medecin estourdi sur la place.

Celuy qui cerche à nuire & cauteleusement
Tasche de paruenir à son sol pensement,
Bien souuent est deceu soubs vne autre fallace.

Myeux vallent les playes de ſon amy, que les baiſers frauduleux de l'ennemy. *Pro.* 2 7. 6.

L'ennemy larmoye de ſes yeux : & s'il trouue le tems, il ne ſera point ſaou-
lé de ſang. *Eccle.* 12. 16.

Du Renard & de la Gruë.

SONET.

VN Renard auoit faict dens vne platte escuelle
Du papin pour la grüe, ayant la à traicter :
Or elle ne pouuant pour son bec en taster
Le Regnard mange tout, & puis se moque d'elle.

Or elle luy en baille au soupper d'vne telle,
Faisant dens vne courge vn tel meets apporter
Et lors prie au Regnard qu'il en vueille gouster,
Et qu'il estoit fort bon pour guarir sa ratelle.

Lors y mettant son bec elle en prend bonne part
Car elle aualle tout, puis demande au Regnard
S'il n'est pas bien traicté, le priant qu'il responde.

Qui se met à tromper, respond il trouuera,
Vn aussi fin que luy lequel le trompera,
Car assez il y a des trompeurs par le monde.

Il trompera les trompeurs, & donnera grace aux debonnaires, *Pro.3.34.*
Lequel prend les sages en leur finesse, *Iob.5.13.*

SONET,

LE Paon se contristoit oyant le doux ramage
  Du gentil Rossignol, et se plaingnoit pourtant
A Nature en grand dueil qu'il n'en auoit autant,
Et qu'il conuiendroit mieux à son noble plumage,

  Nature luy respond qu'il auoit en partage
Vn don qui luy estoit au lieu de ce doux chant.
Et que le Rossignol n'alloit point recerchant
Ce que le Paon auoit dessus luy dauantage.

  Luy dict en plus auant qu'on n'auroit iamais faict
S'elle auoit derechef à r'habiller son faict
Selon l'aduis de tous, & que luy le propose.

  Que chacun y pensant se doit bien contenter
Du bien qu'il a receu, sans vouloir disputer
A qu'elle occasion vn autre a quelque chose.

Que voz mœurs soyent sans auarice, estans contens de ce que vous auez
presentement, Hebre. 1 3. 5.

Sois content de ta gloire & sois assis en ta maison. 4. Reg. 2 4. 10.

D

SONET.

LEs Brebis auoient guerre a l'encontre des Loups,
  Et force bons grãs Chiés estoiét pour les deffendre:
Les Loups demandent paix,& pour mieux les suppré-
Promettent leurs petis,sans qu'un reste de tous. (dre

  Eux demandent les Chiens: & ses propos si doux
Ainsi qu'elles pensoient,les y font condescendre:
C'est la paix,disoit on,qu'on ne vienne entreprendre
A l'enfraindre,ou jamais qu'on ne pense estre abſous.

  Lors les Loups sur les Chiens,& deſſus les ouuilles
Les louueteaux harpez leur ouurent les entrailles,
Où toute cruauté leur sert de paſſetems.

  Donc contre l'ennemy que tousjours on s'efforce
D'estre caut & prudent,& de garder sa force
Côtre ceux qui sont faicts pour mal faire en tout téps.

Ne crois jamais à ton ennemy, car sa malice s'enrouille comme le metal
Et con bie que'en s'humiliant il chemine courbé, retire ton courage &
garde toy de luy. Eccle. 12. 10. 11.

Du Lion & le Rat.

COmme vn Lion eut faict à vn Rat quelque bien,
 Estant à ce poussé de nature gentille,
Tombe dens vn filé:ou, bien qu'il soit habille,
Si ne peut il que faire, & si trauaille bien.
 Car ce poure Lion dessous vn tel lien
Est la qui se tempeste,est la qui s'entortille,
Rugissant, & mettant, & la force & le stille
Pour s'en mettre dehors,non,il n'y gaigne rien.
 Le Rat oyant son cry accourt viste à la trappe,
Il ronge les cordeaux, & le Lion eschappe;
Et puis promet au Rat tout plaisir en tous lieux.
 Les petis quelque-fois encor pourront bien estre
En quelque endroit ou cest qu'ils sçaurôt recognoistre
Vers les grans, le bien faict qu'ils auront receu d'eux.

Si tu fais bien, sachè a qui tu le feras, & grãde grace sera en tes biens, fais
bien au iuste, & tu trouueras grande retribution Eccle.12.1.2.

SONET.

Aquilon & Phebus debatoient de leur force:
    L'vn la vantoit bien grande, & l'autre encore plus:
Dont fur vn Voiager tous deux font refolus,
Pour ofter fon fayon, de la monftrer à force.
    Aquilon fur fe poinct tout le premier s'efforce
De foufler, & plouuoir horriblement deffus,
Mais tant s'en faut que l'homme alors le mette ius,
Qu'il fe cloft tant plus fort que le vent fe renforce.
    Or apres, le Soleil va monftrer fa valeur,
Iettant deffus cet homme vne grande chaleur:
Tellement, qu'a fon ray il iette bas fon faye.
    Ainfi doit on prifer dauantage celuy,
Quand à fon entreprife il gaigne & vainc autruy,
Plus par vn bon moien, que par coups & par plaie.

Non point que nous ayons domination sur voftre foy, 2. Cor. 1. 2 4.
Ie me fuis fait toutes chofes à tous, a fin de fauuer tous. 1. Cor. 9. 2 2.

De la Cigale & la Fourmy.

SONET.

AVssi tost que l'hyuer aux champs eust faict venir
Ses glaçons & frimas, le Sautereau s'addresse
Au Fourmy, le priant qu'a sa grande detresse
D'un peu de son amas luy plaise subuenir.

Le Fourmy luy respond qu'il peut se souuenir
Du beau temps de l'este, ou l'on oyoyt sans cesse
Dens les bleds le grand bruyt de sa voix chanteresse,
Au lieu de bien penser à vn temps aduenir.

Pense bien, ce dict il, qu'ores qui ne labeure
Mais se done bon temps, qu'il faut que poure il meure,
Et que son beau plaisir luy soit bien cher vendu.

Scache donc cestuy-la qui pense touljours rire,
Qu'vn temps pourra venir qu'il faudra qu'il soupire,
Recognoissant trop tard le temps qu'il a perdu.

Pour la froidure le Paresseux n'a point voulu labourer, il mendira donc en Esté, & ne luy sera rien donné. Pro. 20. 4.

E

Du Loup & de la Gruë.

LE Loup qui promettoit vn thresor indicible,
  S'on luy ostoit vn os dedens son gosier mis,
Vit la Gruë,& luy dict,ô l'heur de mes amys,
Oste moy,ie te pry,ce mal s'il est possible.

  Lors elle met son col dens sa gorge terrible,
Et tire l'os ainsi qu'on luy auoit commis:
Puis luy dict,donne moy ce que tu m'as promis
Et lors dauecque toy ie m'en iray paisible.

  As tu bien,dict le Loup,vn esprit si grossier
De ne penser,qu'ayant ton col dens mon gosier
Ie t'eusse peu tuer:va ten donc, & y pense.

  La Gruë adonc partit, disant que cest le gain
Qu'on peut tousiours attendre, auecque tout desdain,
Du bien faict a l'ingrat pour toute recompense.

L'esperance de l'ingrat s'esuanouira côme la glace de l'hyuer, & se perdra comme l'eau qui ne soit de rien. Sap. 16.29.

E 2

SONET.

LE Fresne & le Roseau sont a sçauoir combien
   L'vn estoit plus que l'autre, & le Fresne s'arreste
A se priser ainsi, que contre la tempeste
Il demeure constant sans vaciller en rien.

   Mais toy poure Roseau vrayment tu montres bien
Quel tu es (disoit il) lors que ta foible teste
Au moindre vent du monde, aussi tost s'en va preste
De s'encliner tout bas, o quel est ton maintien.

   Sur cela sourd en l'air, Typhon qui vient grand erre
Prendre ce Fresne au corps, & le iette par terre,
Le Roseau le voyant qui dict, estant debout,

   De ceder quelquefois est grande forteresse:
Mais celuy qui tient fort sans aucune sagesse,
Il faut (& tu le vois) qu'il se rompe du tout.

Il a diſſipé les orgueilleux en la peſée de leur coeur. Il a mis bas les puiſſans
de leur ſieges: & a eſleué les humbles. *Luc.* 1.51.52.

Du Berger qui crioyt tousjours, au Loup.

SONET.

VN Gardeur de Brebis, ne faisant rien qui vaille,
  Crioyt aux villageois: hau bonnes gens, voila
Le Loup dens mon pasquis, & venez tost, il a
Vn de mes bons moutons, ô combien ie trauaille?

  Mais chascun voyant bien que ce rustre ce raille
Aprez deux & trois fois qu'ilz estoyent venus la,
Le loup en rauit vn, lors le berger, Haula
(Dict il) c'est a ce coup que le loup tient mon ouaille.

  Et venez (estoit il criant à pleine voix)
Ie vous dy que le Loup est icy ceste fois,
Mais on laisse ce fol s'enrouer de crierie.

  Ainsi voila que gagne vn menteur effronté,
Que mesmes en l'oyant dire la verité,
On pensera tousiours que ce soit menterie.

Le pain de menfonge eft foeuf à l'homme, & apres fa bouche fera remplie
de fablon. Pro. 2. 17.

Du Loup & d'une Truye.

SONET.

VN Loup voyoyt de loin vne Truye pleine
  Qui vouloit cochonner, la coche l'aduisant
R auire ses croçeaux contre ce Loup nuisant,
Qui luy dict qu'il vient la pour l'ayder en sa peine.
    Oy, ie suis bon amy, dict le Loup, & sans hayne,
Ie vien pour te garder diligent, suffisant,
Et pour ne faire rien qui te soit desplaisant,
En tout cela ie suis la beste souueraine.
    Non, la coche respond, qui que tu sois, ie voy
Que tu sembles vn loup par trop espouuentable
A mes petis cochons, va donc bien loin de moy.
    Que ce repoussement est grandement notable,
D'accorder au meschant d'estre son gardien,
Helas, & que peut il en aduenir de bien?

L'homme qui en douces & fainctes paroles parle à fon amy, il eftend les
rets deuant fes pas. *Pro.* 2 9. 5.

F

D'une femme & de sa Geline.

SONET.

VNe Femme, vn temps fut, auoit vne Geline,
   Qui fut de sa maison l'vnique & seul secours,
Dautant qu'elle donnoit vn œuf d'or tout les jours,
Dont elle eust par sa mort vne entiere ruine.

   Donc la Femme pensant qu'au fond de la poitrine
De ceste poulle, fut vn tresor pour tousiours,
La malheureuse adonc sans faire long discours,
Par vn coup de cousteau ceste poulle extermine.

   Ne trouuant rien dedens allors elle s'escrie,
O combien l'auarice est plaine de folie?
Par là de mon vaillant ie suis venue à bout.

   Donc l'homme conuoiteux, le plus souuet, qui pense
S'aduancer en grans biens, par la folle despense
Qu'il faict sans iugement, son bien s'en va du tout

L'auaricieux ne sera rassasié d'argent: & celuy qni ayme les richesses ne
prendra point aucun fruict d'icelles. *Eccle.* 5.9.

D'une Mule.

SONET.

VN jour fut qu'une Mule ayant tousjours bõ temps,
La paille iusque au ventre, à son aise, bien grasse,
Vantoit à cor & cry son ancienne race
De genets, de coursiers, & d'un bien fort long temps.

S'il faut courir, bondir, c'est à quoy ia m'entens,
Disoit elle, & si fay le tout de bonne grace.
Ainsi pour l'essayer elle est menée en place,
Ou l'on donnoit carriere aux cheuaux excellens.

Mais à la Mule estant toute course incognue,
Ie me cognoy, dict elle, & d'ou ie suis venuë
D'un vieil asne assauoir, qui m'a faicte en ce point.

Ainsi void on tousiours que c'est que de l'espreuüe,
Car à ceste heure là tel qu'on est on se treuue
Ou c'est qu'a son repos on ne le scauoit point.

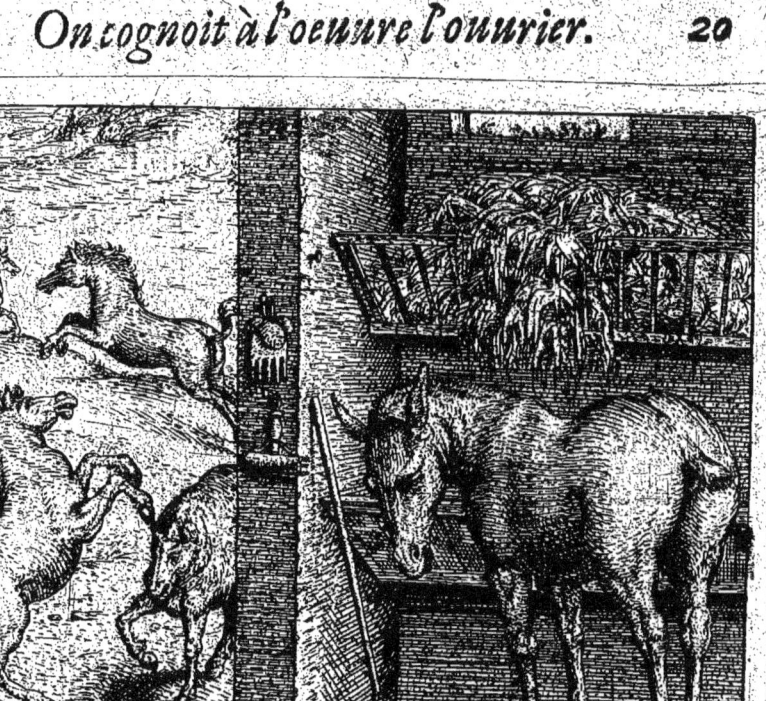

Qui dict qu'il cognoit Dieu, & ne garde point ses commandemens, il est menteur & verité n'est point en iceluy. 1. Ioan. 2. 4.

F 3

Du Mouton & du Loup.

SONET.

VN bon Mouton oyant vn Loup malicieux
Soubs vne peau d'agneau dire que sa presence
Luy vient à grand plaisir : & à ce qu'il le pense,
Qu'il luy offre à son gré son bois delicieux.

Si tu fusses vn loup ie t'aymasse bien mieux,
Dict le Mouton, pourtant que i'aurois grand deffence :
Mais estans tout seullets, si quelqu un nous offence,
Et qui nous gardera en ses dangereux lieux ?

Lors le Loup tout raui d'une telle parolle,
Dict au mouton : vois tu aussi ie suis vn Loup,
Vien mon bon compagnon, afin que ie t'accolle.

Ouy, dict le Mouton, vrayment cest à ce coup
Que ie scay qui tu es, plusieurs portent des testes
D'vne bonne Brebis, qui sont mauuaises bestes.

Donnez vous garde des faux Prophetes, qui viennent à vous en veste-
mens de Brebis, mais par dedans sont Loups rauissans. Matt. 7. 15.

SONET.

EN Calicut estoit vn Bouuier idolatre
  Qui prioit sans cesser vn Image de bois
De luy faire du bien, mais n'oyant point sa voix,
Le Bouuier dict, & quoy? tant prier, tant rebattre?
  Ainsi il se fascha, & se mit à l'abbatre,
(Or y auoit on mis vn tresor autre fois)
Qui venant à tomber se rompit par le sbix,
Et lors vn monceau d'or cheut aux pieds de ce pastre
  Miserable es tu bien qui ne profittes point
Dict allors le Bouuier, sinon à coups de poing,
Quand pan ta mauuaisitié te voila mis en pieces.
  Pourtant à telles gens qui sont ainsi mauuais
Si l'on ne rompt le col ils ne seruent jamais,
Bien est vray qu'on ne trouue à tous de telles pieces.

Tanos, vous gardes des faux Prophetes, qui viennent à vous en habits de Brebis, mais par dedans sont loups rauissans. Matth.7.15.

Que si nous mourons auec luy, nous viurons aussi auec luy. Si nous souf-
frons, nous regnerons aussi auec luy: si nous le renions il nous reniera aussi.
2. Timot. 2. 11.

Du Regnard & des Chats.

SONET.

VN Regnard cheminoit auecqu es certains chats,
 Qui s'esleuoit sur eux pour sa ruse & vistesse,
Disant qu'ils n'estoyent rien, hors vn peu d'allegresse.
Pour bien les exalter, que des mangeurs de rats.
 Les chats sur ce propos voyent tout à leurs pas
Des chiens flairans leur trace: adonc par leur souplesse
Sont bien tost sus vn arbre, ou c'est que la finesse
De ce gentil vanteur est supprise au pourchas,
 Alors dict le Regnard, que ceulx la mal se prisent
Qui se vantent de vent, combien mal ils desprisent,
Ceux qui les sont voyans en leur gloire trompez.
 Tel se moque d'autruy qui meurt en fin de honte:
Et tel blasme ceux la desquels il faict grand conte,
Quand il le void aux laqs, dont ils sont eschappez.

Ne permets point que jamais orgueil domine en ton sens n'y en ta parolle,
car en iceluy toute perdition a prins son commencement. *Tob.*4.14.

Du Serpent & de la Lime

SONET.

LE Serpent qui vouloit vne Lime manger,
Tant plus qu'a l'endroit d'elle il môstre de puissáce,
Pensant à belles dens en la fin la ronger,
Tant plus par ce moyen se faict il de nuisance.

Car le poure animal n'a point de cognoissance,
Qu'il se gaste les dens par faute de iuger,
Qu'il se va prendre à tel, qui prend de luy vengeance,
Soubs vn pouuoir serré sans nullement bouger.

Aussi luy dict la Lime, ô fol quand tes dens mesme
Seroyent de fort airàin, i'ay vne force extréme
Contre laquelle, helas! que pourois tu auoir?

Ainsi donc void on bien que c'est grande folie
D'assaillir la personne en ton foible pouuoir,
Qui ne craint d'estre en rien des plus forts assaillie.

Ie suis Iesus, lequel tu persecutes: il t'est dur de regimber contre l'aiguillon

Actor. 9 . 5 .

G 3

De deux Escreuisses.

SONET.

L'Escreuisse enseignoit son petit escreuisse
  De nager autrement, cela considerant,
Qu'aller à reculons c'estoyt vn blame grand,
Et plus grand de vouloir se nourrir en ce vice.

  Surquoy dict le petit: c'est en tel exercice
Que tu m'as esleué, mais si doresnauant,
Ainsi que tu me dis, tu chemines deuant:
Il ne faut point douter que ie ne t'obeisse.

  Tu m'enseignes assez comment ie doy marcher,
Mais quant à ce chemin, il me le faut cercher
Ailleurs qu'auecque toy, qui vas tout au contraire.

  Communemét on veoit chascun estre fort prompt,
De reprendre aigrement ce que les autres font,
Et c'est le plus souuent cela qu'on leur void faire.

Toy donc qui enseignes autruy, tu ne t'enseignes point toy mesme: qui pre-
sches qu'on ne doit point desrober, tu desrobes. *Rom.* 2. 21.

SONET.

VN Lieure se vantoit de la dexterité
  Qu'il auoit à courir, & blamoit la Tortuë,
De ceste pesanteur dont elle est reuestue,
Pourtant il demandoit sur elle authorité:
  Elle dict qu'elle est preste à sa legerete
De donner le combat. Soit vne source esleuë
Pour le terme arresté: qu'elle est bien resoluë
Que la honte jamais n'ira de son costé.
  Ce faict la ou le Lieure est content d'une course
Nuict & jour la Tortue est apres ceste source,
Quelle attaint la premiere ingenieusement.
  Que c'est la voirement vne belle science,
En trauaillant tousjours, que d'auoir patience,
Sçachant comment il faut se haster lentement!

Ne ſçais tu pas que quand on court à la lice tous courent, mais vn ſeul
prend le pris. *Courez* tellement que vous le prenne*z.* 1. *Cor.* 9. 24.

H

Du Corbeau & du Brebis.

SONET.

VN deuorant Corbeau, s'eſtant mis ſur le dos
  D'une poure Brebis, luy arachoit la leine,
Et luy donnoit encor auecque toute peine,
De ſon gros vilain bec, iuſques au ſuc des os.

  Ceſte Brebis voyant que c'eſt ſans nul repos,
Que ce hardi meurtrir ſur elle ſe demeine,
Et ſentant que vers luy ſa complainte eſtoit vaine,
Ne pouuant autre cas, luy tient ce brief propos.

  Bien que tu ſois bien fort, tu n'oſerois te prendre
A ce chien que voila, & le taſter ainſi:
Il reſpond, ie ſçay bien ce que ie fais auſſi.

  Que ſert de ſe vouloir ou complaindre ou defendre
Enuers quelque moqueur, ou celuy, qui ſe plaiſt
A mal faire touſiours & de la ſe repaiſt?

Vous n'affligerez nulle vefue ne nul orphelin. Que si vous les affligez, & ils
crient à moy, j'orray leur cri, & ie me courrouceray, & vous tueray de glai
ue & vos femmes feront vefues, & voz enfans orphelins. Ephe. 2 2.22

SONET.

VN Regnard dens ce piege est icy qui supporte,
Des mouches le succeant, les plus poignans effors,
Tellement qu'il en est tout sanglant au dehors,
Et ne scait qu'il doit faire au grand mal qu'il en porte.

Vn sien voisin le voit qui le prie, & l'exhorte
De vouloir dechasser ces mouches de son corps:
Il respond qu'il craingnoit, quand elles seroyent hors,
Que d'autres y viendroyent le manger en la sorte.

Celles cy, disoit il, ont le ventre tout plain,
Et les autres mourans de malle mort de fain,
Me pourroyent pour certain de beaucoup plus nuire.

Par ainsi peut on voir, qu'il vaut bié mieux s'offrir
Au moindre de deux maux, s'il en faut vn souffrir,
Et par grande prudence en rejetter le pire.

Mais il me vaut mieux tomber en vos mains sans l'oeuure, que de pécher
en la presence du Seigneur. Dan. 13.23.

H 3

De l'Aigle & de la Regnarde.

LA regnarde voyant vne Aigle rauissante,
   Embler hastiuement ses petis Regnardeaux,
Et les porter bien haut, à ses petis aigleaux,
Elle est à remplir l'air d'une voix menaceante.

   En la fin elle mect vne torche bruslante
En l'arbre ou c'est qu'estoyent ses volans animaux,
Et le feu s'embrasant aux endroits les plus hauts,
Brusle de ses petis la race deuorante.

   L'Aigle oyant ses Aigleaux piteusement crier,
A tire d'aisle vient dessus eux tournoyer,
Et ne sçait point que faire au mal qui luy succede.

   Bien souuent le petit se vange d'un plus fort
Qu'il n'est pas de beaucoup, quand on luy a faict tort,
Sans qu'il puisse en aprez y trouuer de remede.

Qui faict iniure receura ce qu'il aura faict iniustement.
Colos. 3.25.

SONET.

A Insi que cheminoyent deux amys sans soucy
 Vn Ours vint au deuant:& ceste beste estonné,
D'un grand estonnement, l'vne & l'autre personne,
Dont l'une monte à mont sur vn arbre obscurcy.

 L'autre se couche à dens sans bouger,& voicy
L'ours pesant qu'il fust mort, qui passe, & l'abandone
(Car ils ne touche aux morts) dont l'autre hôme arrai
Descendant, cestuy-cy:& l'interrogue ainsi.   (sonne,

 Amy que te disoit cest Ours en ceste voye,
Et comment as tu faict pour ne luy estre en proie?
Il sembloit bien à voir qu'il eut de toy grand soin.

 Il m'a dict, respond il, qu'une autre fois ie fuië,
Telles gens comme toy, ni qu'onques ie m'y fie,
Et qu'on cognoit vrayment les amys au besoin.

Tout amy dira: i'ay aussi conioinct amitié: mais aucun amy est seulement
amy de nom. *Eccle.* 37. 1.

I

De l'Asne & du Chien.

SONET.

L'Asne voyant son maistre vn Chienot carressant
  Quy sautoit, qui danssoit, disoit, làs ce follastre
Est aymé pour ses sauts, ou c'est qu'on me vient battre
Quand ie vien, quand ie vay, & mesme en bien faisant.

  Il me plaist de changer, ie feray le plaisant:
Et lors deuant son maistre il faict l'accariatre,
Il brait: & pour sa peine on le bat comme platre,
Puis on le recommande à quelque lourd paisant:

  En l'estable entraué cet Asne plain de crainte,
A demy mort couché composoit vne plainte.
Dessus les pessans coups estans cheus desus luy:

  Qu'il est sage, dict il, qui tasche de bien faire
Ce qu'il doit sans vouloir ainsi se contre faire,
Pour faire le flatteur, ie l'appren auiourdhuy.

Et l'homme auquel estoit le mauuais esprit se iettant sur eux & estant
maistre d'eux, vsa de force contre eux, en sorte qu'ils s'enfuirent nuds &
blessez. Act. 19.16. Act. 8.19.

SONET.

DEssous vn beau courant, vn Loup se mit à boire,
Ou de mesme y beuuoit plus bas vn poure Aign[e]
Auquel dict ce vieil Loup:tu troubles donc mon e[au],
Babouin, tellement qu'elle en est toute noire!

Ha,pour certain jamais ie ne l'eusse peu croire
Quand bien ie t'eusse veu quelque cornu taureau:
Mais l'Aigneau tout tremblât voulât parler:tout b[?]
(Ce cria haut le loup) encor en fais tu gloire?

Voire encor deuant moy,miserable chetif,
Ressemblant a ton pere,es tu bien si hastif
De vouloir sonner mot?non,tu mourras en somm[e]

Tels void on les meschans estre en toutes façons,
Tousiours assez garnis de semblables raisons,
Quand ils veulent pour fin deuorer vn poure homme.

De quoy les Princes & les Preuosts cerchoyent occasion pour trouuer
quelque chose contre Daniel. Dan. 6.4.

I 3

Du Larron & du Chien.

VN Larron pertuiſoit vne maiſon de nuict,
   Et pour venir à fin de ſa belle entrepriſe,
Il donne vn pain au Chien, afin qu'en la ſuppriſe.
Il ſe contienne coy, ſans vouloir faire bruit.

   Mais le Chien au contraire à grans cris le pourſuit,
Abboyant, tempeſtant, abandonne & mépriſe
Le preſent que luy faict ce Larron qui le priſe,
Pour le gaigner tant mieux au poinct qu'il eſt reduit.

   O Larron dict le Chien, à quoy veux tu pretendre
Auec ton beau preſent? penſes tu me ſupprendre,
Penſant que ie le prenne à mon grand deshonneur?

   Le ſeruiteur meſchant, qui ſe laiſſe corrompre
Par les dons qu'on luy offre, eſt en danger de rompre
La foy meſme qu'il doit à ſon propre Seigneur.

Si tu as vn seruiteur fidelle, qu'il te soit comme ton ame, traicte le comme
ton frere. Eccle. 3 3. 3 0.

SONET.

DEns vn pre fus vn foin, vn matin de village
  Eſtoit à ſe veautrer, à gronder, à nager,
Quand il veoid arriuer ce bon Beuf vſager,
Auquel veut empeſcher la moiſſon de l'herbage.

  Lors le Beuf le ſupplie auec vn doux langage,
Qu'il ſe gardaſt tresbien, qu'il vint à l'outrager,
Luy diſant qu'auſſi bien n'en pouuoit il manger,
Meſme & qu'il n'auoit rien en tout cet heritage.

  Mais quoy que le Beuf die, il n'en eſt mieux pourtã,
Car le Chien heriſſé arreſte nonobſtant,
Que c'eſt pour ſon plaiſir que le foin il reſerue.

  Combien void on de gens maiſtriſer en ce point,
Degaſtans tant de biens qui ne leur ſeruent point,
Et ne veullent ſouffrir que nul autre s'en ſerue?

Iay confideré tous les labeurs des hommes , & ay cogneu les induſtries eſtre
ſubiectes à l'enuie du prochain. Eccle. 4. 4.

K

Du Cheual & de l'Asne.

VNn Cheual regardoit vn poure Asne basté
  Qui portoit son manger, supportant ses brauades,
Et les gaudissemens sur ses membres mallades,
Qui se prioyent en vain pour leur debilité.

  Le poure Asne y mourut: adonc l'homme irrité,
Prend tresbien ce Cheual, qui faisoit ses gambades,
Qu'il charge de ce faix, de coups, de bastonnades,
Et de tout l'attirail qu'il auoit merité.

  Lors (dict il) te voila, qui brauois en ton aise,
Et qui n'estois esmeu du faix ny du malaise,
Que ce poure chargé portoit deuant tes yeux.

  Ceux la meritent bien qu'on ne tienne aucun conte
Du grãd fardeau qu'ils ont, quand ils ont bié eu honte
De soulager le dos qui trauailloit pour eux.

L'ame du meschant desire le mal, il n'aura point pitie de son prochain.
Pro. 21.10.

Portez les charges les vns des autres, & ainsi vous accomplirez la loy de
Christ. Gal. 6.4.

K 2

Du Corbeau & du Regnard.

CE Regnard, qui voyoit au bec de ce Corbeau
    Vne bien bonne part de quelque gras formage,
Ie voy bien maintenant, dict il, que ton plumage,
Contre le bruict commun, est excellamment beau,
    La raison requiert bien, amy, que tout oiseau,
Si, dy-ie, à ta blancheur respondoit ton ramage,
Pour ton merite grand, te vienne faire hommage,
Et qu'on t'eslise Roy sur eux tout de nouueau.
    Alors ce blanc Corbeau en tremouffant crouaffe,
Et le fourmage chet, que le Regnard amaffe,
Et laiffe la chanter fon Corbeau tout honteux.
    Tel est l'amadouement de tout flatteur, qui mange
Le bien de ces dorez, & frians de louange,
Et lors que c'en est faict, il fe plaifante d'eux.

L'homme qui en douces & fainctes parolles parle à fon amy, il eftend le
retz deuant fes pas. *Pro.* 29.5

De la Grenoüille & de la Souri.

DE cet afpre conflict des Raines & des Rats,
  Qui dura fi long temps (dont Homere n'a honte
En fes chants les plus doux d'en recitter le conte)
Il en vint en la paix mefme de grans combats.

  Comme vne Raine aprez voulant par ces appas
Tirer (pour fe vanger) vne Souri, fort promte
De luy promettre affez, luy dict qu'elle fe conte
De luy faire en fon lieu vn magnific repas.

  Mais la Raine noia la Souri miferable,
Et flottant fur les eaux, vn vaultour effroiable.
La rauit, & fon hofte, à fes iambes lié.

  L'homme mefchant qui tafche à nuire ainfi fus terre
(Die tant qu'il voudra, qu'on luy auoit faict guerre)
En la fin perira, fans aucune pitié.

Tout Royaume diuisé contre soy mesme, sera desolé, & maison cherra sur maison. Luc 11.17.

SONET.

LA Grenoüille voyant, dedans vne prairie,
  Vn Beuf gras pasturer, aussi tost el'l'assaut,
Assauoir, s'esleuant contre luy d'vn grand saut,
Et son sang qui luy bout la meçt en grand'furie.

  Et des la plus auant entre en forcenerie,
Qu'elle peut estre telle, estimant qu'il ne faut
Pour l'egaler, sinon leuer le nez plus haut:
Quoy faisant, & s'enflant, elle est soudain perie.

  Pourette, dict le Beuf, dequoy te fust il mieux
Estant ainsi que moy? las combien plus d'affaire
Eust trauaillé ton corps, dont tu n'auois que faire.

  Celuy qui se contente est vrayment bien-heureux,
Le petit plus qu'vn autre, estant certain qu'il n'entre
Dedens vn petit corps autant qu'en vn grand ventre.

Orgueil est deuant la depression, & deuant la ruiné sera l'esprit exalté.
Pro. 16.18
Tu as humilié l'orgueilleux comme le naure. Psal. 88.11.

L

Du Cerf se mirant en l'eau.

SONET.

VN Cerf blamoit ses pieds, & sa corne tortue
   Loüoit iusques au Ciel, se mirant dans les eaux:
Mais venant a passer dessous des arbrisseaux,
Sa corne adonc s'y lie, & pourtant on l'y tue,

   Or aux derniers abbois ceste beste abbatue
(Comme les Chiens courans la mettoyét à morceaux)
Se disant hors du sens, en ses horribles maux,
A tenir ces propos allors el' s'esuertue.

   Las! ie blamóy mes pieds qui m'ôt tousiours sauué
Et ce gemeau branchage, ah! par trop esleué,
Est la cause par moy, que ma vie est rauie.

   Ainsi rejectons nous la chose qui nous sert:
Ainsi aduoüons nous la chose qui nous perd:
Ainsi l'orgueil deffaict le soustien de la vie.

Ton arrogance & l'orgueil de ton cœur t'a deceu. Iere. 49. 16
Malediction sur vous qui dictes le mal estre bien, & le bien estre mal.
Esai. 5. 20.

L 1

SONET.

LE milan guerroioit contre les Collombelles
Sans treues ny repos:& celles-cy jamais
Ne pouuoyent tenir l'air,que cet oiseau mauuais
N'allast les desmenbrant des ses serres cruelles.

Les pourettes adonc,prennent aduis entre elles,
Que c'est qu'il est de faire,& pour rachetter paix
S'en vont à l'Espreuier le prier desormais,
Qu'il vueille estre le Roy de leurs trouppes fidelles.

Cet affamé l'accepte,& tout soudain aprez
Tous ces poures coulons s'en vont tous massacrez,
Dessous la cruauté de l'Espreuier ramage.

On ne doit s'esbahir de voir vn cruel Roy,
Commettre lachement,quand il manque de foy,
Sur ces poures subiects toutes sortes d'outrage.

Voicy tu te confies sur ce baston icy de Roseau rompu, sur Egypte, sur le-
quel si l'home s'appuye, il entrera en sa main, & la percera: ainsi est Pharao
le Roy d'Egypte, a tous ceux qui se fient en luy. Isai. 3 6.6.

L. 3

SONET.

VN glorieux Cheual taschant de ruiner
   Vn Cerf des mieux courans, vient à prier vn hóme
De l'aider à deffaire, & qu'il est prest en somme,
Sous luy, d'aller où c'est qu'il le voudra mener.

   Or l'homme estant dessus le vient esperonner,
Tellement qu'il arriue à ce Cerf, & l'assomme:
Quoy voyant le Cheual, grandement le renomme,
Le priant de vouloir ailleurs s'acheminer.

   Mais l'hóme n'en faict rien: ains si bié le maistrise,
Qu'il en faict ce qu'il veut & puis il le desprise,
Luy chargeant tant le dos qu'il en meurt sous le faix.

   Tels meritét donc bien (qui faisoyét tant des braues,
Et pour nuire à autruy se sont rendu esclaues)
Par ceulx là qu'ils portoyent, d'estre du tout deffaicts.

Celuy qui chasse vn autre, n'est mesme à repos.

Il a ouuert vn puits, & l'a fouy: & est cheu en la fosse qu'il a faicte. Sa
douleur sera conuertie sur sa teste : & son iniquite descendra sur le som-
met de son chef. Psal. 7. 16. 17.

Du Regnard & du Bouc.

SONET.

LE Bouc & le Regnard allans en vn vojage
  Eurent foif,& pour boire entrerent en vn puis.
Mais peu aprez le Bouc dict au Regnard, je fuis
En grand perplexité d'eftre icy pris en cage.

   Le Regnard refpondit,non non,pren bon corage,
Ie te mettray bien toft hors de tous ces ennuys:
Seulement leue toy,baiffant la tefte,& puis
Ie fortiray dehors pour te faire paffage.

   Ce fait,le Regnard dict que n'as tu,compagnon,
Autant d'entendement,que de poil au menton,
Tu te fuffes vrayment de la prife aperceüe.

   Ainfi l'homme aduifé ne fera jamais rien,
Que deuant toute chofe,il ne regarde bien
Ayant à propofer,quelle en fera l'iffue.

Celuy qui croit de leger, il est leger de coeur, & amoindrira. Eccle. 19.4.
Car tout trompeur est en abomination vers le Seigneur. Pro. 3. 32.

Du Lion & de l'Ours.

SONET.

A Insi que le Lion eut faict commandement
    Aux siens, de s'apprester à la guerre ordinaire,
Vn Ours luy demanda de l'Asne, en quel affaire
Elle pourroit seruir en son lourd portement,

    D'auantage, le Lieure auoit incessament
Le coeur glace de peur, que pourroit il donc faire?
Le Lion respondit, qu'à grand force de braire
L'Asne espouuenteroit les oyseaux grandement:

    Et puis, de l'ennemy, ayant eu la victoire,
Le Lieure à point viendra pour la faire notoire
Par sa grande vistesse à tous, & vn chascun.

    Ainsi l'homme aduisé de toute chose ordonne
Si bien, qu'il faict seruir la plus ville personne,
Par sa bonne conduicte au profict du commun.

Les membres du corps qui semblent estre plus debiles, sont beaucoup plus necessaires. 1. Cor. 12. 22.

M 2

De la souri de la ville, & de la souri chāpestre.

SONET.

VNe Souri de ville ayant esté traictée
    D'vne Souri des champs, auec vn peu de pois,
Requist à ceste cy de venir quelque fois
En la maison la voir, comme el l'a visitée:

    Elle y vient, & voyant force viande apprestée
De bled, de chair, de suif, de marrons, & de noix:
Et d'autre part oyant, vn vallet tant de fois
Empescher leur repas, elle en est desgoustée.

    Si dict la vilagoise, ô combien i'ayme mieux
Sans peur d'estre chez moy, que non pas en ces lieux,
Bien qu'on y voie encor que tout bien y abonde!

    Il est donc bien-heureux qui vit petitement,
En sa maison, en paix, hors de l'estonnement
Du soin, & du trauail où les grans sont au monde.

Il la suyt comme le beuf qui est mené au sacrifice , & comme l' Aaigneau
sautelant & ignorant comme fol qu'on le tire aux lyens. Pro.7.22

M 3

De l'Oifeleur & de la Tourte.

AV temps de la moiffon vn grád preneur d'oifeaux,
  Sous des Rofeaux caché tendoit à là pipée:
Et penfant bien tôft voir vne Tourte happée,
Il fent fa jambe prife autour de fes Cordeaux,

  Car vn bien long Serpét fort d'emmy ces Rofeaux,
Qui vient à fe ramper fur fa plante attrappée
Et le mord à la mort, dont la Tourte efchapée
Laiffe cet oifeleur fe plaindre fur fes maux.

  Et puis elle luy dict: poure homme qui ne ceffes
D'aguetter noftre vie auec tant de fineffes,
Que ton mefchant deffain te vient bien à rebours.

  Qui faict mal à autruy ne doit trouuer eftrange,
Qu'il rencontre du mal, pour du mal en efchange,
Et qu'il foit delaiffé quelquefois fans fecours.

Le Seigneur ne trauaillera point de faim l'ame du Iuste : & renuersera
l'embuche des meschans. Pro. 1 0 . 3 .

De l'enfantement d'une Montaigne.

SONET.

Ainsi qu'une montagne estoit vn jour mouuante,
  Et comme estrangement on la vist varier,
Tout le monde y accourt, qui l'oit tantost crier
Ostez vous, car pour vray me voila que j'enfante.

  A ce bruissement la terre s'espouuante:
Elle craint quelque Monstre: & lors de son gosier
Derechef en l'oyant grossement abboyer,
Voicy d'un trou sortir vne Souri courante.

  Tous ceux qui vindrent la auec estonnement,
Si tost qu'ils eurent veu ce bel enfantement,
Dessous vn grand ha-ha se mirent fort a rire.

  Ainsi est il pour vray d'un gloirieux vanteur:
Comme il est arrogant & d'autruy contempteur,
Aussi ne faict on cas de ce quil sçauroit dire.

J'ay veu le meschant haut eslalé & esleué côme les cedres du Liban: & i'ay
passé outre, & voyci il n'estoit plus, & ie l'ay cerché, & son lieu n'a point
esté trouué. Psal. 36. 35. 36.

N

Du Paon, qu'on vouloit faire Roy des Oiseaux.

SONET.

LEs Oiseaux du Conseil, pour faire election
   D'vn Roy qui les regist, en vn jour s'assemblerent,
Et par vn beau matin ils en delibererent,
Sans beaucoup aduiser à sa condition.

   Soudain le Paon leur vient en admiration,
Pour sa grande beauté: pourtant ils l'entourerent
Auecque reuerence, & puis le proclamerent
Souuerain dessus eux, à ceste occasion.

   Mais la Pie leur dict, si quelqu'un nous outrage,
Qui nous assistera, puis que ce beau plumage
Est denuë du tout de force, & de vigueur?

   La beaute en vn prince est certes peu de chose
Au prix de la vertu, qui doit estre renclose
D'vne grande prudence, au milieu de son cœur.

Malheur est sur toy terre, de laquelle le Roy est vn enfant. Eccle. 10. 16.

Bien-heureuse est la terre, de laquelle le Roy est noble. Ecc. 10. 17.

N 2

Du Bœuf & de la Genisse.

SONET.

CHez vn riche fermier comme vn Bœuf secourable
Reuenoit du labeur tout mouillé, tout fangeux,
De porter le courroux d'un gros air nuageux,
Selon qu'à son bon maistre il estoit redeuable:

Vne grasse Genisse est tandis en l'estable,
A son aise à couuert, qui ne sçait faire mieux
Que d'appeller ce Bœuf vn poure malhereux,
Pour sa condition sur toutes miserable.

Mais le Bœuf la voyant peu aprez l'assommer,
Il se meet aussi tost à cet aise blamer,
S'estimant bien-heureux en sa penible vie.

Ainsi donc quand on void que chascun se deçoit
Au iugement des biens, aucun pourtant ne doit,
Aucunement porter aux riches nulle enuie.

Qui labeure sa terre il sera rassasiè de pains: mais qui suit oysiueté sera
remply de disette. Pro. 28 . 18 .

Du Buzart & de la Corneille.

SONET.

COmme au bord de la mer vn Buzart eut trouué
  Vne huitre,& luy voyant vne forte closture
Il se donne grand peine,& fasche outre mesuré
Ayant pour la tirer tout moien esprouué.

  Sur ce point au Buzart estant fort enreué
Vne corneille dict: Pour en veoir l'ouuerture
Il la faut laisser cheoir sur vne pierre dure,
Ouy quand tu te seras haut bien haut esleué.

  Ainsi fit le Buzart:& l'huistre ainsi cassée,
De la fausse Corneille est soudain redressée:
puis se rit du Buzart qui pensa enrager.   (pan

  Tels sont ces beaux conseils qui sont faicts pour la
Tels les ont auiourdhuy ces bailleurs d'asseurance:
Et tel est le lourdaut, qui croit tant de leger.

Les conseilz des meschans font pleines de fraude. Pro. 12. 5.
Leur cœur pense aux rapines, & leur leures parlent fraudes. Pro. 24. 2.

SONET.

IL estoit sur les fins des garennes de Gorte
De beaux & gras Moutós, vn grád troppeau paissant,
Sur lequel vient à fondre vn Aigle rauissant,
Qui choisit vn Aigneau de la trouppe, & l'emporte.

Vn Corbeau qui le voit en veut faire en la sorte,
Et sans bien se sonder, s'estime assez puissant
D'enleuer le plus gros, qui faict qu'en s'efforceant
D'emporter vn Mouton à la mort il se porte.

Car volant sur son dos, les pieds mal asseurez,
De cet outrecuidé demeurent enserrez,
Et lors sort vn Berger, qui le vient à supprendre.

Ainsi est il d'un sot qui ne se cognoit point:
Il s'embrouille si bien, qu'il se perd de tout point
A se haster par trop, & par trop entreprendre.

Ne cerche point les choses plus hautes que toy, & ne cerche point choses
plus fortes que toy. *Eccle.* 3.ᵉ 2.

O

Du Coq & d'un Diamant.

SONET.

COmme vn Coq de paroiſſe eſtoit en quelque part,
A gratter à deux pieds & deuant & derriere,
Pour trouuer à manger dedens vne pouſsiere,
Qu'on auoit là iectee en vn champ à l'eſcart.

Voicy deſſous les pieds, ſur le poinct qu'il l'eſpard
D'vn & d'autre coſté, vne grande lumiere
D'un Diamant brillant, comme l'auant courriere
Qui, vient ſoudainement à toucher ſon regard,

Lors ce Coq le becquette, il le laiſſe, il l'enterre;
Si dict en le couurant hé que ſert ceſte pierre?
Combien vn grain de bled, eſt bien de plus grand prix.

Par cecy peut on voir que c'eſt de l'ignorance
L'Homme dedens lequel elle faict demourance
Hait touſiours la ſcience, & la mect à meſpris.

*Quelle choſe profite il au fol d'auoir richeſſes, veu qu'il n'en peut acheter
ſapience? Pro. 17. 16.*

O 2

Du Sanglier & de l'Asne.

SONET.

VN Sanglier reprochoit à l'Asne sa simplesse,
   Qu'il sembloit qu'il fut faict pour estre entre les
Tant estoit il deffaict, tant auoit il le corps   (morts,
Fetart, lourd & pesant, & chargé de paresse.

   Et mettant en auant vne gentille addresse,
Qu'il auoit entre tous, comme des plus accords,
Et qu'il tenoit son lieu au nombre des plus forts,
L'Asne à l'instant ainsi sa response luy dresse.

   Il n'est point de besoin à l'Asne de courrir
Quand elle n'a point peur qu'on la face mourir,
Comme toy, duquel l'ame est tousiours poursuiuie.

   Plusieurs blasment ainsi, sans aucunne raison,
Les poures simples gens, mais sans comparaison
Qui sont bien plus heureux qu'ils ne sont en leur vie.

Que nous a profité l'orgueil? ou que nous a apporté la vanterie des riches-
fes. Sap. 5. 8.

SONET.

A Yans tous les Oiseaux par ensemble arresté
De donner la bataille aux bestes de la terre,
Ceste Chauue-souri craingnant en ceste guerre
La perte des Oiseaux, fut de l'autre costé.

Mais l'ost leger volant, par sa dexterité,
Dessus les animaux & de bec & de serre
Les choquant, les pressant, les faict fuir grand erre,
Et la Chauue-souri pour sa desloiauté.

La miserable donc, depuis ceste rencontre
Iusqu'à ceste heure cy de jour plus ne se monstre,
Ny n'oseroit plus estre où nul des autres sont,

A cet exemple cy, au moins que tous ces maistres
De toute iniquité (ie parle de ces traistres)
Ne se monstrassent point tant hardiment qu'ils sont:

Qui n'eſt point auec moy, il eſt contre moy : & qui n'aſſemble auec moy, il
eſpard. Matt. 12. 30.
Quicunque faict choſes meſchantes, hait la lumiere. Ioan. 3. 20.

SONET.

LEs Grenoüilles prioyét qu'ó pourueuſt leur côtrée
　D'vn prince debonnaire:à l'inſtant, à leur voix,
On leur iette en leur mare,vne piece de bois,
Qui faict dedens leur bourbe vne royalle entrée:
　Les Grenoüilles voyant la face ainſi veautrée
De ce beau nouueau Roy(bien humain toutefois)
Non,nous voulons point,diſent elles,des Roys
Ayant auecque nous vne ame ainſi poutrée.
　On leur baille pourtant vn cicogneau,qui vient
Engober tout autant que la mare en contient,
Depeuplãt ce Royaume,au parauant paiſiblé:
　Tout ainſi qu'il n'eſt rien au môde plus plain d'heur,
Que d'auoir vn bon Roy:ainſi d'un Roy tueur
On peut dire pour vray,qu'il n'eſt rien tant horrible.

Lequel faict regner l'homme hypocrite, à cause des pechez du peuple.
Iob. 34. 30.

P

Du Loup & du Cheureau.

VNe Cheure disoit par vn petit pertuis
  A son ieune Cheureau, elle s'en allant paistre,
Qu'il n'ouurit point à d'autre: or vn grãd vilain traistre
De Loup l'entendit lors, qui vient frapper à l'huis.

  Ouurez (ce disoit il) vostre mere ie suis:
Ma mere (respond il) me donnoit à cognoistre
Vn certain mot de guet, qu'on ne me faict paroistre
Mon enfant dict le Loup, souuenir ne m'en puis.

  Aussi ay ie oublié ores d'ouurir la porte
(Ce respond le Cheureau) à qui parle en la sorte
Car ç'en est là la clef, & de tous noz secrets.

  Ainsi qui n'entreprend de faire d'auantage
Qu'il n'a de mandement, ne peult auoir dommage,
Dont il se puisse au moins repentir puis aprez.

Honnore ton Pere ꝗ̃ ta Mere (en les obeiſſant) à fin que tes jours ſoyent
prolongez ſur la terre. Exod. 29. 12.
Et ne ſuiuront point vn eſtranger, mais ſ'en fuiront de luy, car elles ne
cognoiſſent point la voix des eſtrangers. Ioan. 10. 5.

P 2

Du Chien & de l'ombre.

VN Chien alloit courant deuers vne riuiere:
Or aduenant ainſi, qu'iceluy trauerſoit
Son cours haſtiuement ſur vn pont fort eſtroit,
Tenant vn bon lopin ſous ſa dent macheliere,

Le Soleil rayonnoit vne grande lumiere
Qui faiſoit groſſir l'ombre en ceſte eau qu'il paſſoit,
Qui faict qu'auſſi ſoudain que ce Chien l'apperçoit,
Il ſe jecte dans l'eau, mettant ſon bien arriere,

Voulaut donc engouler ceſte ombre, il laiſſe choir
Son gros morceau de chair: & puis il eſt à voir
De l'eaue à ſon fin ſaoul, & du vent qui luy reſte.

Ainſi le peu vaut mieux, & tenir ſeurement
Le bien qu'on peut auoir touſiours pour fondement,
Que d'embraſſer beaucoup & perdre tout au reſte.

L'auaricieux ne sera rassasié d'argent : & celuy qui aime les richesses ne prendra point aucun fruit d'icelles. Eccle. 5. 9

Du Paysant & de la Forest.

SONET.

VN mauuais villageois trouuant deſſous ſes pas
Vne hache ſans manche, auſſi toſt delibere
D'aller à la foreſt luy faire vne priere,
De luy en donner vn, & l'ayder en ce cas.

Ouy (dict la Foreſt) que nous ne voudrions pas
T'ayder d'vn peu de bois, qui ſerue à ton affaire,
C'eſt le moindre plaiſir que nous te voudrions faire,
Accommode toy donc, comme bien tu verras.

Ceſtuy ci donc ayant emmanché ſa coignée,
Ha ceſte Foreſt auſſi toſt dedaignée,
Rendant en peu de temps tout ſon plant abbatu.

C'eſt vrayment grand folie à cet homme, qui baille
Au meurtrier le baſton, duquel il faut qu'il faille,
Que ſon dos porte-coups en ſoit vn jour battu.

Fai bien a l'humble, & ne donne rien au meschant. Defen de luy donner
du pain, qu'en iceluy il ne soit plus puissant que toy. Car tu trouueras
doubles maux en tous les biens que tu luy auras faict. Eccle.12.5.

SONET.

VN Geay auoit trouué des plumes esgarées
   D'une crouppe de Paons, à l'entour d'un buisson,
Dont il pense aussi tost à se donner leur nom,
Aprez auoir d'iceux ses plumes reparées.

   Or les Paons qui voioyent sous leurs tresses dorées,
Que ce gallant de Geay faisoit du compagnon,
Ils le chassent adonc, pour son mauuais renom,
Ayant vn chascun deux ses plumes retirées.

   Ce poure ainsi plumé, estant de là chassé,
Sen vient entre les Geays, dont il est delaissé,
Et non plus que les Paons n'en tiennent aucun conte.

   Donc qui tranche du braue, & qui se va fourrant
Au milieu des milors pour faire là du grand,
En tout lieu n'en aura que blame & toute honte.

Qu'eſt ce que tu as, que tu n'ayes receu ? & ſi tu l'as receu, pourquoy t'en
glorifies tu, comme ſi tu ne l'auois point receu ? 2. Cor. 4. 7.

Q

SONET.

VN Cerf mis aux abboys par quelques chiés couras,
  Entre dans vne estable, en laquelle il supplie
Des Bœufs attachez là de luy sauuer la vie,
Le gardant de la dent de ces chiens deuorans.

  Las! tu viens (dict vn Beuf) à de poures garans
Liez comme tu vois: que si tu as enuie
Toutefois de te mettre en ce foin, ie t'affie
Que nous serons icy deüant toy demourans:

  Ce disant vient entrer le maistre dans l'estable,
Et cerchant tout par tout ce poure miserable,
Il le tue de coups, quand il l'a peu trouuer.

  Ainsi est il qu'en vain le poure infirme implore
L'ayde de l'affligé: ainsi est il encore,
Qu'en vain le malheureux cerche de se sauuer.

Et ont dit. Le Seigneur ne le verra point, Pſal. 93. 7.
Vous qui eſtes ſans ſapience entendez; celuy qui a formé l'oeil ne conſide-
rera il point?

Q 2

SONET.

CE Lion affamé s'en allant à la chasse
   Auec vn fort Limier, vn Loup, & vn Regnart,
Prit vn Cerf à la course, & puis il le depart,
Ce qu'ayant faict en quatre, il parle ainsi d'audace.

   Vn chascun de vous trois sçait bien de qu'elle race
Ie suis pardessus vous, dont j'auray ceste part:
Puis ce quartier plus grand, que voila mis à part,
M'est deu, ayant esté le premier à la trace:

   La tierce, auray ie encor pour estre le plus fort:
Et l'autre, pour auoir mis aprez plus d'effort:
Et quand au demourant, c'est pour vostre salaire.

   Pourtant qui veut se joindre auec les grans Seigneurs,
Fiers, cruels, ou nuisans, qu'ils supportent leurs meurs,
Et tout ce qu'ils voudront ou mal dire, ou mal faire.

Celuy prēd charge sur soy, qui communique auec plus grand que luy . Ne sois compagnõ de plus riche que toy. En quoy communiquera le chauderon auec le pot de terre? Eccle.1 3.2.3.

Du Loup & de la Brebis.

AVx plaids des animaux, pour vn trop long seiour
   D'une debte, vn gros Loup faisoit vne poursuitte
Encontre vne Brebis, qui dict, à l'opposite,
Qu'elle ne luy doit rien, repliquant à son tour.

   Le Loup produit le Chien, l'Escoufle & le Vautour
Qui disent qu'il est vray : pourtant qu'elle merite
D'estre à jamais infame, & pour cercher la fuitte
De perdre tous ses biens, & mourir a ce iour.

   Sur cecy, la Brebis tasche de se deffendre :
Mais tous dans ce parquet ne la veulent entendre,
Ains elle & ses raisons ils reiettent bien loin.

   Ainsi est il qu'on void le bien, l'honneur, la vie
Exposez en peril, se perdre, estre rauie,
Par le mortel rapport du meschant faux tesmoin.

Tu ne feras point d'iniquité: & ne jugeras point iniuſtement, & n'accepte-
ras la perſonne du pauure, & n'honoreras la perſonne du grand, Iuge iuſte-
ment ton prochain. Leuit.19.15.

SONET.

VNe grosse Forest, de grans vens tempestée,
   Donnoit vne gráde peur aux Lieures de ces lieux:
Lesquels, en s'enfuyant, trouuent deuant leurs yeux
Vne mare, laquelle a leur course arrestée.

   Or y voyans tout coy, & la riue hantée
De Reines, se plongeans dedens son fond fangeux,
Pensans estre grand cas qu'on fuye deuant eux,
Ils ont soudainement leur craincte rejectée:

   Courage (disent ils) aprenons à sçauoir
Sans nous troubler ainsi, quel est nostre pouuoir,
Quand nous voyós, qu'icy nous sommes redoutables.

   L'homme lasche & poltron en la guerre préd cœur
Quand il sçait deuant luy qu'un autre fuit de peur
O qu'on void en tous lieux de gendarmes semblables.

Ne craignez point ceux qui tuent le corps, & ne peuuent tuer l'ame : mais
plutost craignez celuy qui peut perdre l'ame & le corps en la gehenne.
Matt.10.28.

R

SONET.

VN Regnard qui voyoit en vne belle traille,
 Sous vn pampre tout vert vn bô raisin tout meur,
Que voicy (disoit il) vn lieu plain de grand heur,
Abondant en tout bien, & fertil à merueille.

 Mais faisant ce deuis, & comme il s'appareille,
De trouuer les moiens d'en prendre du meilleur,
Il sent qu'ils sont trop hauts : lors sous ceste couleur
Quils n'estoient encor bons, ainsi il se conseille :

 De prendre tant de peine en ces lieux tous deserts
Que gaigne-ie ? aussi bien ces raisins sont trop vers :
Meury donc, o verjus, qu'a grand tort ie desire.

 C'est ordinairement qu'on void de mesmes gens :
S'ils sont frustrez du bien qu'ils cerchoiët de long téps,
Ils y trouuent tousiours quelque chose à redire.

Le fol monstre incontinent son ire: mais celuy qui dissimule l'iniure, il est fin. Pro. 12. 17.

R 2

SONET.

VN tout fantasque Singe euſt vn fort grand deſir
  De mãger des marros, qu'on mettoit dãs le cedre:
Là eſtoit vn Chatton duquel il alla prendre
La patte de deuant, puis les tire à loiſir.

  Le petit Chat qui ſent la chaleur le ſaiſir
Dict, Eſcoûte vn peu Marmot, tu deburois bié entédre
Que j'ay ma fœble peau, pour le moins, auſsi tendre
Que la tienne, & pourtant ne me ſay deſplaiſir.

  Mais ce dict le Marmot, nul ne vit ſans rien faire:
Dequoy donc te plains tu, quãd meſme en cet affaire
Il ne ſe peut trouuer de trauail plus leger,

  Tel donc employe autruy iuſques à ſa perſonne,
Lequel ce temps pendant au peril l'abandonne
En ſe gardant treſ bien d'approcher du danger.

Ceux ci sont taches en leurs banquets, banquetans sans crainte, se repais-
sans eux mesmes: nuës sans eau emportées des vents ça & là: Epist. Iude.

R 3

SONET.

VN fort ieune Cheual se dolentoit sans cesse,
  Pour vn pesant fardeau qu'il auoit tous les jours,
A trainer, auec ayde, à tours & à retours,
Toutefois sous vn maistre eslongné de rudesse.

  Mais rencontrant vn Asne en sa longue vieillesse,
Tirant vn char chargé, sans auoir nul secours,
Et l'homme encor dessus, qui le frappoit tousjours,
Il se consolle ainsi, en sa grande destresse.

  Helas qu'en mon labeur heureux encor ie suis,
Si tant soit peu ie pense aux estranges ennuïs,
Bien plus grás que les miens que ce poüre Asne traine!

  C'est encor quelque chose, en son affliction,
De veoir vn autre auoir pire condition
Pour porter en ses maux plus aisément sa peine.

Veu aussy que Christ a souffert pour nous, vous laissant vn patron, à fin que vous ensuiuiez ses pas. I. Pet. 2. 21.

SONET.

VN Mareschal suant sous les coups de marteau,
  Pour gaigner pourement sa grosse nourriture,
Lors que pour empescher le defaut de nature
Il faisoit son repas & de pain bis, & d'eau.
  Son Chié venoit tousiours demander son morceau,
Mais son maistre luy dict: Ie pene outre mesure
Pour ayder à ma vie, & du mal que i'endure
Tu t'as fais gros & gras, & je n'ay que la peau,
  Sur quoy le Chien disoit: que veux tu que ie face,
Puis qu'en viuant ainsi, ainsi le temps ie passe,
Et que sans trauailler ie me trouue fort bien?
  Ainsi void on assez de semblable canaille,
A laquelle il faut bien que tous les iours on baille
A manger grassement, & ne fait du tout rien.

Car auſſy quand nous eſtions auec vous, nous vous denoncions, que ſi quelqu'un ne veut beſoingner, il ne menge point auſſy. 2 Theſ. 3. 10.

S

Du Renard qui auoit perdu sa queüe.

SONET.

VN Regnard eschappé d'une estable champestre,
  Ou il perdit la queüe, en vn jour rencontra
Bon nombre de Regnars, ausquels il remonstra (estre
Qu'au temps qui couroit lors sans queüe on debuoit
  Vrayment(dict vn Regnard)ony pour vous nostre
Si la vostre reuient, vn chacun cognoistra   (maistre:
Que vostre beau derriere ainsi ne se verra,
Pour encore en ce téps s'il vous plaist vous submetre.

    Et bien, respondit lors, le Regnard escoüe.
Mais quand vn seul de vous ne seroit point quoüe,
La terre pour cela n'en sera pas deserte.

    Ainsi void on tousjours ces poures malheureux:
Qui voudroyent qu'vn chascun fut en la sorte qu'eux,
S'ils sont tombez en faute, ou bien en quelque perte.

Le iuste nous est grief aussi à le regarder: pource que sa vie est differente
à celle des autres. Sap. 2. 1 5.

De l'Aubereau & des autres Oiseaux.

SONET.

Aux meilleurs Oiselets l'Aubereau fit sçauoir,
  Qu'il vouloit celebrer le jour de sa naissance:
Pour tant il les prioit qu'en ayant cognoissance
Ils y vinssent tantost pour les bien receuoir.

  On ne leur a donc pas au plutost faict sçauoir,
Que ces poures Folets en grande esiouissance
Ne viennent deuers luy, cercher la iouissance
Des banquets & des jeux qu'il pensoient bien y veoir.

  Mais estans arriuez ce Haubereau les happe
Les despece & meurtrit & pas vn seul n'eschappe
Qui ne soit pour seruir à son cruel desir.

  Puis qu'on se laisse auoir par ces belles paroles
De nopces, de festins, de sauts & de caroles
Où l'on trouue la mort pour la fin du plaisir.

Leur goſier eſt vn ſepulchre ouuert, ilz faiſoyent fraudeleuſement de leurs langues. Pſal. 13. 4.

Deſquelz la bouche eſt pleine de malediction & d'amertume: leur pieds ſont legiers à reſpandre ſang. Pſal. 13. 5.

SONET.

VN Lion fit beaucoup de mal en fon jeune aage,
Mais quand il deuint vieil, le poure langoureux,
N'ayant plus de pouuoir, trouua force hayneux,
Qui fe plaifoyent fans peur de luy faire dommage.

Il n'eft plus queftion ny d'honneur ny d'hommage,
Quand encor on voioit vn Pourceau tout fangeux,
Vn Afne tout pelé, vn Taureau courageux,
Luy faifans à l'enuy toute forte d'outrage.

Las! difoit le Lion, que mal ie me fuis mis
A faire, vn temps qui fut, tant & tant d'ennemis,
Et que c'eft par trop tard que ie vien à m'en plaindre.

Les grans doiuét fçauoir que le temps doit changer,
Qu'il n'y a point pourtant de plus certain danger,
Que de hair autruy, & de fe faire craindre.

Ceux qui te verront se tourneront vers toy & te regarderont: N'est ce pas cet homme icy qui troubloit la terre? lequel a oppressé les Royaumes? Isai.14,16.

Du Bouc, de l'Aigneau & du Loup.

VN Bouc & vn Aigneau s'estans donnez la foy,
   Trouuent vn meschant Loup dedens vne prairie,
Venant sous vn parler, tout plain de piperie,
Dire ainsi à l'Aigneau qui trembloit tout d'effroy.
   Mon fils quitte ce Bouc, & t'en vien auec moy:
Vn Bouc puant ne faict que toute fascherie:
Vois tu qu'il est cornu, que s'il entre en furie,
Comme il faict tous les jours: pourer, c'est faict de toy
   Mais le Bouc tout gaillart marchant d'un braue pas
Dict ainsi à ce Loup, passe outre, ou tu sçauras
Qe ce n'est pas en vain qu'un furieux menace.
   Qui s'accompagne donc de toutes gens de bien,
Ne peut estre en danger: ny se trouuer en place
Qu'a rencontre qu'il ait tout ne luy tourne à bien.

Mon filz, si les pecheurs te vueillent attraire, ne leur consens point.
Pro. 1. 10.

Sois continuel auec l'homme sainct, quel qu'il soit, que tu cognoistras
garder la crainte de Dieu, duquel l'ame est selon ton ame. Eccle. 37. 15.

T

De la Mousche & de la Fourmy.

LA Mouche se vantant de sa belle demeure,
Et disant au Fourmy, que mesme tout le bien,
Iusqu'au manger des Roys, à son vueil, estoit sien,
L'autre respond sans plus, que pour viure il labeure.

C'est vie de Cheual (ce dict la mouche à l'heure)
De trauailler tousiours: & de ne faire rien
(Respondit le Fourmy) c'est la vie d'un Chien,
Ou d'un vilain Pourceau: & laquelle est meilleure?

Aprez tous ces debats, l'Hyuer vient, tout grison,
Soubs lequel meurt la Mouche, allors qu'en sa maison
Le Fourmy mangeoittoit son petit ordinaire.

Il est donc plus heureux qui faict vn petit train,
Et par ce moien gaigne honnestement son pain,
Que de cercher son aise & ne vouloir rien faire.

O pareſſeux, va au formy & adiuſe ſes voyes, & apren ſapience. Laquelle
combien qu'elle n'ait ne doƈteur, ne maiſtre, ne prince, elle appareille en eſté
ſa prouiſion, & aſſemble en la moiſſon ce qu'elle doibt manger. *Pro.5.6*

T 2

Le Dragon & l'Elephant.

SONET.

LE Dragon cauteleux, d'vne nuisante enuie,
    Aborde l'Elephant, qu'il tasche à oppresser:
Et pour plus aisement contre luy se dresser,
Les jambes (de sa queüe) à l'instant il luy lie,

    Tandis que l'Elephant de son groin se deslie,
Le Dragon sur son col est promt à s'essancer,
A fin qu'il puisse mieux tout le sang luy sucer:
Duquel estant rempli, en affame sa vie.

    Or aussy l'Elephant s'affoiblit chancellant,
Tellement, que des pieds le Dragon va foulant,
Plus de mal luy faisant qu'il n'en reçoit luy mesme.

    Les sanguinaires font aux innocens ainsy,
Leur suceans chair & sang sans pitié ny mercy:
Mais ils en ont en fin angoisse plus extreme.

E. VV.

Mais toy Dieu tu les meneras au puitz de perdition. Les hõmes espandans sang, & pleins de tromperie, ne paruiendront point à la moitié de leurs jours. Psal. 54. 24.

SONET.

VN Ours ayant mangé du miel, qu'il appetoit,
  Des Abeilles il fut piqué d'estrange sorte :
De quoy fort irrité, les ruches il transporte,
Tout ce dessus dessoubs, pour le mal qu'il sentoit.

  Les Abeillettes lors, voyans qu'ainsi estoit
Renuersé leur manoir, d'une rigueur plus forte
Le viennent assaillir, dont il se desconforte :
Mais pour sa dure peau l'assaut mieux il portoit.

  Or sa teste, ses yeux, son museau, ses oreilles
Furent si bien traitez de ces fieres Abeilles,
Qu'en amer fut changé le doux de son manger.

  Mieux m'eust valu (dict il) porter vne pointure,
Que pour m'estre vangé souffrir peine si dure :
Qui peut souffrir vn peu, fait mieux que se vanger.

E.VV.

Qui recommencera à raconter sa miseric orde?
Eccle.18.3.

Le Corbeau & le Scorpion.

SONET.

CE Corbeau, qui auoit du Scorpion senti
  Le dangereux venin, à s'en vanger il tasche,
Et prend le Scorpion, qui tellement se fasche,
Qu'apres s'en est trop tard le Corbeau repenti.

  Car il est de douleur si fort appesanti,
Pour le mortel venin, qui à son corps s'attache,
Et deuient peu à peu si debile & si lasche,
Qu'il se trouue à la fin confus & amorti.

  S'il se fust appaisé à sa peine premiere,
Pas il n'eut enduré ceste angoisse derniere:
Il fait mauuais se prendre à plus mauuais que luy.

  Tel se pense vanger, qu'autre de luy se vange:
Qui tasche à faire mal reçoit mal, en eschange,
Et souuent est vaincu, qui pense vaincre autruy.

E. VV.

Ne dis point, ie luy feray ainsi qu'il m'a faict, & ie rendray à vn chascun
selon son oeuure. Pro.24.29.

V

Le Loup en habit de Brebis.

SONET.

EN habit de Brebis vn Loup s'alla veſtir,
   Tant eſtoit cauteleux, & remply de malice:
Puis en ce point s'en va (contrefaiſant le nice)
Mettre auec les Brebis, ſans d'elles ſe partir.

   Il les accompagnoit à entrer & ſortir,
Et tandis les meurtrir, eſtoit ſon exercice.
Si toſt que le Berger conneut ſon malefice,
Le va prendre à vn arbre ainſi, ſans deueſtir.

   Autres Bergers iugeoyent que c'eſtoit vne oüaille,
Mais le conoiſſans Loup deſſous ſon veſtement,
Dirent, que ſelon l'oeuure on a ſon payment.

   Tel ſemble eſtre bien' on, que ce n'eſt rien qui vaille,
Bien que de ſaincteté il ſemble eſtre veſtu:
Souuent l'impieté ſe couure de vertu.

E. VV.

Or donnez vous garde des faux Prophetes, qui viennent à vous en veste-
mens des Brebis, mais pardedans sont Loups rauissans. Mat. 7. 15.

V 2

Le Loup & l'Heriſſon.

SONET.

VN Loup tout affamé vint contre vn Heriſſon,
 Le penſant deuorer, mais approcher n'en oſe,
Le voyant bien armé, & pourtant il propoſe
De parler auec luy d'une douce façon.

 Eſcoute ami (dit il) & enten ma leçon:
Il eſt paix, & la faut garder, ſur toute choſe.
Mets donc les armes bas, & ſeurement repoſe,
Car ie n'ay pour te nuire aucune mariſſon.

 Non, non (dit l'Heriſſon) ie veux garder mes armes
Contre ceux qui viendront me faire aucuns alarmes,
L'vne eſpée retient l'autre dans le fourreau.

 Il eſt fort & prudent, qui à ſoy bien regarde,
Ne croyant les trompeurs, & qui eſt ſur ſa garde
Lors que ſon ennemy, ſe faignant, parle beau.

E. VV.

Soyez sobres, & veillez: d'autant que votre aduersaire le diable chemine
comme vn Lion bruyāt à lentour de vous cherchāt qui il pourra engloutir.
.Pet. 5. 8.

V 3

L'Heriſſon & le Serpent.

SONET.

VN Heriſſon ſ'adreſſe au ſerpent & luy prie
 Qu'il le laiſſe auec luy (l'hiuer) en paix loger,
L'accord fait, il y va : mais par trop le bouger,
En virant & roullant, au Serpent il ennuye.
 Tu ne deurois (dit il) me faire faſcherie,
En me piquant ainſi, c'eſt par trop m'outrager,
Ce lieu eſt fort eſtroit, veuilles donc deſloger :
I'ayme mieux eſtre ſeul qu'à telle compagnie.
 Mais puis que tu ne peux ma preſence endurer,
Dit l'Heriſſon, va t'en, ſans icy demeurer.
Le Serpent, pour ſon bien, va chercher autre place,
 Tel penſe eſtre ſeigneur, qui n'eſt que ſeruiteur :
Ainſi aduient à ceux qui ſont à maints faueur,
Pour les voir gens de bien ſeulement à la face.

E. VV.

'l vaut mieux seul qu'à mauuaise copagnie.

N'introduits point tout homme en ta maison: car les trahisons du cautes leux sont diuerses. Eccle. 11. 31.

Le Chameleon.

SONET.

LE Chameleon prend de l'air sa nourriture,
  Ouure tousiours ses yeux, ses griffes aspres sont,
En toute autre couleur à se changer est promt,
Mais il ne prend jamais rouge ou blanche tainture.

  Les flatteurs ont aussy vne telle nature,
Presque ils muent de rien, comme semblant ils font:
Mais chez les grands Seigneurs journellement ils vont
Faire mille rapports, pour y auoir pasture.

  Plus souuent de propos changent ces battelleurs,
Que le Chameleon ne change de couleurs:
Et pourtant vn chacun n'en deuroit tenir conte.

  Comme ils ne changent pas en rouge ny en blanc
Iaçoit qu'en tous leurs dicts il n'y ait rien de franc,
Aussy n'ont ils jamais ny pureté ny honte.

E. VV.

Ceux qui disent au meschant, tu es Iuste : les peuples le maudiront, & les lignées les auront en detestation. Pro. 24. 24.

X

Le Belier & le Taureau.

SONET.

Vn Belier mieux cornu que les autres n'eſtoyent,
De tous ſes compagnons vouloit eſtre le maiſtre,
Les tenans ſi ſubiects, que nul d'eux n'oſoit paiſtre
Sans luy porter honneur, telle crainte en'auoient.

Voyant donc que ceux cy tellement l'honnoroient,
Tant accreut ſon orgueil, qu'il s'oſa bien promettre,
Que d'autres animaux ſe viendroient auſſy mettre
En ſa ſubiection, & luy obeyroient.

Or il void vn Taureau, lequel il veut combattre,
Et luy donnant le choc, le penſoit bien abbatre:
Mais tout à coup il fut (luy meſme) rué bas.

Aucũs de bas eſtat, tant ſeulement ne greuent
Leurs pareils, mais auſſy contre les grands s'eſleuent,
Et de l'orgueil qu'ils ont ne ſe conoiſſent pas.

E. VV.

Ton arrogāce & l'orgueil de tō cœur t'a deceu: toy qui demeures és cauer-
nes de la pierre, & t'efforces de prendre la hautesse de la petite mōtaingne.
Iere. 49. 16.

SONET.

Ces trois Oiseaux de proye auisans vne cage
Et vne Poule aupres,qui ses poulsins gardoit,
Voletoyent a l'entour,car chascun pertendoit
Les rauir,mais la Poule empescha ceste rage.

Contre ses affamez elle print tel courage,
Et si soigneusement la cage enuironnoit,
Qu'en voulans approcher elle les estonnoit,
Se deffendant si bien,qu'elle n'eut nul dommage.

Elle auance le bec contre ces ennemis
Et se met au hasard,pour garder ses petits,
Qui par elle sont mis en plus grande asseurance.

Il faut deffendre ainsi contre tous rauisseurs,
Les pauures innocens,& les rendre plus seurs:
Qui se sent oppressé,souhaite deliurance.

E. VV.

Aprenez à bien faire. Querez iugement, aidez celuy qui est oppressé, faites iugement pour l'orphelin, Defendez la vefue. Isa. 1. 17.

Le Laboureur & la Souri.

SONET.

VN Laboureur plaisant, qui volontiers buuoit,
De sa Natiuité faisoit tous les ans feste:
Et lors deuant sa Ferme, ayant le boire en teste,
Faisoit faire vn grand feu, voila comme il viuoit.

Le vent,, de grand mechef, vn coup si fort so stoit,
Que sa maison brula, & n'en eschappa beste:
Le Laboureur voyant vne Souri ia preste
A s'eschapper, la iette,, au feu, que tout bruloit.

Beste ingrate, dit il, moy viuant en delices,
Tu receuois chez moy beaucoup de benefices,
Veux tu m'abandonner en ma necessité?

Faisant grand chere, on a beaucoup d'amis de table:
Mais si fortune tourne, ô chose bien notable!
Ils delaissent l'amy en son aduersité.

E. VV.

Aucun est amy selon son temps, & ne demeurera point au iour de la tribu-
lation. Eccle. 6. 8.
Aucun aussi est amy, compagnon de la table: mais il ne demeurera pas en
iour de necessité. Eccle. 6. 10.

L'Oiseleur & le Pinson.

SONET.

VN auide Oiseleur allant ses filez tendre,
  Pour prendre des Oiseaux en grande quantité,
Tout soudain son amorce en la place à iette,
Puis apres il s'assied, pour tant mieux les attendre.

  Il en vient par raison, mais il ne les veut prendre,
Esperant d'en auoir à plus grande planté,
Et pour les attirer mieux à la volonté,
Il seme plusieurs fois de son amorce tendre.

  Passant ainsi le iour, le soir vint, tellement,
Qu'en sa ret ne retint qu'vn Pinson seulement,
Ayant laissé voler le meilleur de sa prise.

  Les auaricieux, qui traffiquent ainsi,
Et veulent trop auoir, n'ayans du peu soucy,
Sont bien souuent deceuz par leur chiche entreprise.

E. VV.

Il te souuienne de ton createur és jours de ta jeunesse, deuāt que le temps
de ton afliction vienne, & que les ans approchent, desquelz tu dies : ilz ne
me plaisent point. Eccle. 12. 1.

Y

Le Paysan & le Satyre.

SONET.

VN Paysan trouuant vn Satyre en vn bois,
   Qui de froid tremblotoit, à sa maison le meine.
Y estans arriuez, le Paysan met peine
A souffler en ses mains, pour reschauffer ses doigts.
   La femme à chacun d'eux, ainsi comme tu vois,
Donne de papin chault vne escueille pleine.
Le pauure Paysan, de volonté soudaine,
Pour plus tost estre froid, le souffle plusieurs fois,
   Le Satyre esbahy, trouue cela estrange,
Que la chaleur en froid d'vne bouche se change:
Parquoy il commença à soupçonner, disant:
   Tel a le feu en main, qui l'eau en l'autre porte:
Garder se faut de ceux, qui font en telle sorte:
Tel monstre beau semblant, qui tasche estre nuisant.

E. VV.

Vne fontaine iette elle d'un mesme pertuis eau douce & amere? Mes freres,
vn figuier peut il produire des raisins ? ou vne vigne des figes ? ainsi nulle
fontaine ne peut faire eau salee & douce. Iacob. 3. 11.

Y 2

SONET.

Quelque Rat de maison, tousiours à ses repas,
Pour se saouler, auoit mainte viande exquise:
Tellement qu'il viuoit en toute friandise,
Et si auec cela ne se contentoit pas.

Car en pensant trouuer d'autres meilleurs appas
Il s'en va en la mer, ou vne Ouytre il auise
Bien grasse, à son auis lors meu de conuoitise,
Pour la prendre & manger il auance le pas.

Or l'Ouytre estant touchée à se fermer fut preste,
Si bien qu'au pauure Rat elle enserra la teste:
Pensant prendre il fut pris, & se trouua domté.

Plusieurs n'estans contens d'estre bien à leur aise,
Cherchent (sans y penser) auenture mauuaise,
Pour ensuyure par trop leur folle volonté.

E. VV.

Et laChair estoit encore entre leurs dents, deuant que telle viande fut fail-
lie. Et voicy la fureur du Seigneur esmeuë contre le peuple , & le frappa
d'une tres grosse playe. Num. 12. 23.

Y 3

L'Aigle & le Limaçon.

SONET.

VN Limaçon promet vne Gemme excellente
   A l'Aigle, & qu'en l'air, haut, le porte seurement:
Car de ramper ainsy continuellement
Sur la terre (dit il) ce n'est plus mon entente.

   L'Aigle le porte haut, sans faire longue attente:
Ou il eut du plaisir, mais gueres longuement,
Car elle demanda bien tost son payement,
Mais le pauuret n'eut pas pour la rendre contente:

   Dont pleine de courroux tellement l'estraignit,
Qe de fort lamenter elle le contraignit:
Qui n'a rien pour donner, il ne doit rien promettre.

   Si plusieurs demeuroient en leur estat contens,
Sans s'esleuer trop haut, ils auroyent meilleur temps,
Qu'à la merci d'autruy leur vie en danger mettre.

E. VV.

Ne veuille point en moult de manieres enquerir choses superflues.
Eccle. 3. 24.

SONET.

D'Vn Coucou se moquoit vn Escousle, disant,
  Qu'il n'osoit rien manger que vers, per couardise.
Il aduint peu apres, que l'Escousle s'auise
De rauir des pigeons, où il est s'amusant:

  Tandis vn villageois, qui ne fut trop musant,
L'attrape dans sa ret: puis ayant ceste prise,
Au plus haut d'vne Tour honteusement l'a mise,
Pour estonner tout autre ainsi que luy faisant.

  Voire (dit le Coucou) le voiant ainsi pendre,
Si tu eusses voulu (comme j'ay fait) apprendre
A ne manger que vers, on ne t'eust pas là mis.

  Il vaut mieux seurement en sobrieté viure,
Que hazarder sa vie, & son appetit suyure:
Tousiours en mal faisant on a des ennemis.

E. VV.

Plusieurs sont morts en gourmandise ; mais celuy qui s'abstient alonge
sa vie. Ecle. 37.34.

Z

Le Milan & le Rossignol.

SONET.

VN Milan fameilleux, prest à faire dommage,
 Rauit vn Rossignol, qui le prie humblement
De le prendre à mercy, & que soigneusement
Il fera son deuoir de luy porter hommage.

 A quoy me pourrois tu faire quelque auantage,
Demande le Milan, dy le moy promtement?
A chanter deuant toy melodieusement,
(Rspond le Rossignol) ie ne sçay auttre ouurage.

 Non, non, dit le Milan, cela ne me duit pas,
Ton chant ne me sauroit contenter de repas:
A vn ventre affamé le chant n'est delectable.

 Vn chacun peut assez conoistre par cecy,
Qu'il faut premier auoir du principal soucy,
Laissant, pour son profit, ce qui n'est profitable.

E. VV.

Mais il leur dit: N'aues vous point leu ce que fit Dauid, ayant faim, &
ceux qui estoyent auec luy? Mat. 12. 3.

Z 2

SONET.

EN hyuer, sur la neige, vn Paysan trouua
  Vne Couleuure, estant (de froid) a demi morte.
De pitié qu'il en eut à sa maison l'apporte,
Où en la reschauffant la vie luy sauua.

  Ayant senti le chaut, soudain elle s'en va
Toute emplir la maison du venin qu'elle porte.
Suis ie recompense de toy en telle sorte,
Ce dit le Paysan? que fort elle greua.

  Lors prend vne coignee, & frappe de grand force:
Mais la Couleuure aussi à le tuer s'efforce,
D'vne fiere rigueur luy iettant son venin.

  C'est grande ingratitude, & trop dangereux vice,
Faire mal à celuy qui luy a fait seruice:
Il va bien quand on est l'un à l'autre benin.

E. VV.

Celuy qui rend maux pour biens, le mal ne se partira point de sa maison.
Pro. 17. 13.

Z 3

SONET.

VN homme & vn Lion, ensemble deuisans
  De leur force & vertu, en vn lieu arriuerent,
Où vn Lion taillé dans vn Pilier trouuerent,
Qu'vn homme auoit occis, ce qu'ils sont auisans.

  L'homme de l'homme alors loua les faicts luisans,
Monstrant, qu'à ce Lion ses forces trop greuerent.
Or en fin, peu à peu, si fort ils estriuerent.
Que l'homme du Lion sentit les coups nuisans.

  Or sus, dit le Lion, puis qu'ainsy tu te vantes,
La force tu sauras de celuy que tu hantes:
Et l'ayant abbatu, lui fit souffrir la mort.

  Vn glorieux vanteur qui ne cesse de dire
A vn chacun ses faits, & louange en desire,
Sent souuent l'aiguillon d'vn autre, qui le mord.

E. VV.

Il a besongné puissamment par son bras, il a dissipé les orgueilleus en la
pensee de leur cœur. Luc. 1. 51.

SONET.

LE Lion, le Renard, & l'Asne alloient chasser,
  Pour auoir quelque proye ensemble, & l'ayāt prise,
L'Asne de la partir entr'eux fit entreprise,
Dont le Lion fasché va l'Asne despescer.

  Puis il dit au Renard, sans plus outre passer,
Qu'en deux parties fust, par luy, la proye mise.
Le fin Renard faisant la charge a luy commise,
Voulut la plus grand'part au Lion compasser.

  Vien çà (dit le Lion) mais qui t'a fait si sage?
Le mal d'autruy (dit il) m'en a esté presage:
Craignant d'estre traité comme cet Asne là.

  Auec plus grand que luy jamais ne se faut mettre,
Y pensant estre franc, ny courroucer son maistre:
Sage est qui se sçait bien gouuerner en cela.

E. VV.

En quoy communiquera le Chauderon auec le pot de terre, car quãd
ils s'entrehurteront, le pot sera rompu. Eccle. 33.

Aa

Le Renard & le Lion.

SONET.

LE Renard vid de loin vn fier Lion venir,
  De quoy tout fremissant, d'vne peur qui le presse,
Il se prit à fuir de si roide vitesse,
Qu'à grand peine on l'eust sceu dvn fort lien tenir.

  Autre fois le trouuant, se sceut mieux retenir,
Entremeslant sa crainte auec sa hardiesse.
Mais à la tierce fois sans crainte à lui s'adresse,
D'autant quil le voyoit si d'oux se maintenir.

  Lors, depuis en auant frequenterent ensemble:
Ainsy aux Estrangers peu à peu on s'assemble,
Mais il est malaisé de le faire en vn iour.

  Vser discretement de bonne accoustumance,
Fait acquerir des grans priuée conoissance.
Car ainsy comme on dit hantise fait l'amour.

E. VV.

Conuersez en crainte, durant le temps de vostre pelerinage temporel.
I. pet. 1. 17.

Amis, ie vous supplie comme estrangers & voyagers, abstenez vous de
desirs charnels, qui bataillent contre l'ame, ayant vostre conuersation hon
neste entre les gentils. I. Pier. 2. 11. 12.

Le Lion, le Sanglier, et le Vaultour.

SONET.

VN Lion recontrant vn Sanglier en sa voye,
Se prit à l'aissaillir bien furieusement.
Le Sanglier courageux, resiste vaillamment,
Et combat le Lion, pour ne lui estre en proye.

Vn Vaultour les voyant, ia tout raui de ioye,
Esperoit qu'vn d'iceux mouroit subitement,
Et qu'il s'en repaistroit à son commandement,
Mais à les regarder pour neant il s'emploie.

Car les deux champions, estans fort contre fort,
Tous lassez de combattre, ayans fait leur effort,
Cessent, et le Vaultour triste auec faim demeure.

Cestui là qui attend quelque bien incertain,
Souuent il est deceu d'vn espoir trop soudain:
Sage est, qui (bien faisant) sur tout en Dieu s'asseure.

E. VV.

L'esperance de l'hypocrite perira. Iob. 8. 13.
Les yeux des meschans defaudront, et ne pourront eschapper, & l'esperance
d'iceux sera abomination à l'Ame. Iob. 11. 20.

Le Loup et le Renard.

SONET.

VN Loup gras, plein de biens, en son terriér estoit:
  Le Renard le va voir, mais c'est pour sa viande:
Et en parlant à luy, auec finesse grande,
Lui demanda, pourquoi les champs il ne hantoit.

  Or voiant bien qu'au Loup ce propos despitoit,
Au Berger il s'en va, et le lui recommande:
Monstrant ou il estoit, sans qu'il en fist demande
Dont le Loup fut occis, qui pas ne s'en doutoit

  Le Renard s'en va lors manger tout à son aise
Tout le bien de ce Loup, et son desir appaise:
Mais comme il s'en alloit, fut des chiens deuoré.

  Ainsi fut il repeu, aux despens de sa vie:
Ainsi sur l'enuieux tombera son enuie:
Et diffamant autruy, sera deshonnoré.

E. VV.

L'homme qui a haſte d'eſtre riche, & a enuie ſur les autres, il ignore que
diſette luy ſuruiendra, Pro. 20, 22.

SONET.

VN Mastin de si pres vn Regnard auisoit,
 Qu'il n'eust sceu eschapper, parquoi il le vint rendre
A lui, le suppliant de ne le vouloir prendre,
Et que pour lui manger sa chair pas ne duisoit.

 Mais lui mostrant vn Lieure, humblemét lui disoit:
Que la chair il auoit bien plus friande & tendre.
Or le lieure eschappé, vint le Renard reprendre,
Lui demandant, pourquoy à tort il l'accusoit.

 Non say, dit le Renard, mais plus tost ie te prise:
Car ie dy que tu es d'vne nature exquise,
Et que ta chair beaucop plus que la mienne vaut.

 Aucuns, pour se garder, autres à tort accusent
Puis feignans d'estre amis finement ils s'excusent:
Et pourueu qu'ils soient bien, des autres ne leur chaut.

E. VV.

Celuy qui parle ce qu'il sçait est iuge de Iustice , mais celuy qui ment il est
tesmoing plein de fraude. Pro. 1. 12.

Le Taureau & la Souri.

SONET.

DE tel orgueil estoit enflé ce fier Taureau,
    Qu'en force il n'estimoit vn autre à luy semblable,
Et lui sembloit aussi qu'il estoit indomtable,
Dont il en monstroit bien le signe à son museau.

    Tandis qu'il distilloit cecy en son cerueau,
Vne Souri s'en vient (à lui non comparable)
Et mord bien fort au pied ce Taureau redoutable,
Puis s'en court en son trou, qui lui sert de Chasteau.

    Ce cornu sautelant de courroux & de rage,
Court pour la deuorer, d'vn furieux courage,
Mais il ne peut entrer au lieu ou elle estoit.

    Pourtant ne faut il pas foible estimer la force
De quelconque ennemi, quand à nuire il s'efforce:
Le petit peut souuent nuire au grand, quel qu'il soit.

E. VV.

Vien à moy & ie donneray tes chairs aux volailles du ciel & aux bestes
de la terroe. Reg. 17. 44.

Bb 3

SONET.

LE Singe au Renard vint, lui faire humble priere,
  Qu'il lui veuille donner de sa queüe vne part,
Disant, qu'en ayant moins il seroit plus gaillard:
Aussy, qu'il lui feroit amitié singuliere.

  Pour le mieux esmouuoir, lui monstroit son der-
Tout nud, tout descouuert, faisant le papelard,   (riere
Afin qu'il fust couuert, mais le vilain Renard
Met, en le mesprisant, sa requeste en arriere:

  Luy disant que sa queüe en rien ne luy nuisoit
Et n'en vouloit oster, car toute luy duisoit:
Voila comme vn vilain pour n'assister s'excuse.

  Semblables au Renard (certes) trop de gens sont:
Car ayans bien de quoy, aux pauures bien ne font,
Tant auare desir les retient & abuse.

E. VV.

Maintenant vostre abundance subvienne à leur indigence, à fin qu'aussi
leur abondance soit pour vostre indigence, à ce qu'il ait equalité.
2. Cor. 8. 14.

Bb 3

SONET.

VN Loup estant vn iour chez vn tailleur d'Images,
   Vid vne teste d'homme ouurée exquisement:
Et apres l'auoir pris & tenu longuement,
Il en fut esbahy sur tous autres ouurages,

   Tu passes en beauté (dit il) maints personnages,
Mais le principal poinct te defaut voirement:
C'est, qu'il n'y a en toy sens ny entendement,
Dont faire tu ne peux profitables vsages.

   Pas n'est tant à priser la beauté d'humain corps,
Qu'apparoistre lon void seulement au dehors,
Que l'Esprit bien orné de sagesse & prudence,

   Combien que l'homme soit d'exellente beauté,
Ne doit estre estimé, si prudence et bonté,
Ne sont auecque lui constante residence.

E. V V.

Mais tous hommes sont vains, esquels n'est point la science de Dieu &
qui n'ont peu entendre celuy qui est par les choses qui sont veues estre
bonnes, & en considerant les oeuures n'ont pas cogneu celuy qui estoit
ouurier. *Sapien.* 13 . 1.

Le Cerf & la Brebis.

SONET.

LE Cerf fit la Brebis deuant le Loup venir,
   Et veut que promtemét, vn muy de bled luy paye,
Qu'elle me doit, dit il : dont la Brebis s'esmaye,
Disant : que de la dette elle n'a souuenir.

   Le Loup dit, qu'il falloit pour de frais s'abstenir,
Que la Brebis payast. La paurette s'effraye,
Promet de satisfaire, & le Cerf s'en esgaye,
Pensant qu'elle deuoit sa promesse tenir.

   Au iour pris le Cerf vint, cuidant auoir recette :
Mais la Brebis dit lors, en lui niant la dette,
Que promesse n'a lieu estant forcée ainsy.

   Ainsi beaucop de gens font tort, par leur puissance,
Aux foibles, pour auoir de leurs biens iouissance ;
Mais le foible peut bien tromper le fort aussy.

E. VV.

Mensonge est mauuais blasme en l'homme, & sera continuellement en la
bouche de ceux qui sont en discipline. *Eccl.* 20. 25.

 c̄

SONET.

VNe Cheure sortant de l'estable, s'en va
  Seule au champ, où vn Loup tout ieune vint à elle,
Qui se prit à sucer le laict de sa mammelle:
Auquel vne saueur aggreable il trouua.

  Ainsy, par vn long temps, d'icellui s' abbreuua:
Nonobstant toutefois, ne cherchoit que cautelle,
pour la Cheure tromper : qui estoit si fidelle,
Qu'onques (le nourissant) elle ne le greua.

  Quád le Loup deuint grád, la Cheure lors comméce
A craindre, & se garder : car au vray elle pense,
Qu'elle nourrit cellui, qui sa ruine veut.

  C'est vne vertu grande, & aussy salutaire,
D'estre à son ennemy au besoin volontaire :
Mais il se faut garder de lui, le plus qu'on peut.

E. VV.

Pource aussy le Souuerain a les pecheurs en haine, & rendra vengeance aux meschans. Eccl. 12. 6.

Cc   2

SONET.

A Vn Poulet s'en vint vn Chat malicieux,
  Et le grippe tresbien, disant, que par droiture
Il auoit merité de souffrir la mort dure,
Pour la punition de son faict vicieux.

  Car tu iuches, dit il, ie l'ay veu de mes yeux,
Sur ta mere & ta sœur: ô grande forfaiture!
Puis tu cries si haut durant la nuit obscure,
Que plusieurs en t'oyant deuiennent ennuyeux.

  Le poulet s'excusant, dit qu'à mal il ne pense,
Ains suit son naturel: mais, sans plus d'audience,
Le Chat le feit mourir, & de lui se repeut.

  Le meschant, qui d'autruy veut la mort ou dómage,
S'il n'a par droit sur lui pour le nuire auantage,
Par force & à grand tort il le fera, s'il peut.

E. VV.

Les parolles des meschans sont embuches au sang: mais la bouche des Iustes les deliurera. Pro. 12. 6.

Le vieil Chat et les Souris.

SONET.

CE Chat, pour son vieil aage, estát plein de foiblesse,
  Ne sauoit plus courir, pour auoir promtement
Les Rats & les Souris à son commandement:
Qui auoient desia pris fort grande hardiesse.
  Parquoy, en sauisant de nouuelle finesse,
Dans vne May sen va mettre toút coyement,
Pour viure desormais vn peu plus aisément,
Laisant Rats & Souris sabuser en liesse.
  Ah! dit il, les voyant, bien ie vous tromperay,
Puis qu'approchez si pres, ie vous attraperay,
Ainsy l'vn appres l'autre estoient pris en la place.
  Necesité contraint, quand la force defaut,
De chercher le moyen comme aider il se faut:
Car souuent, comme on dit, Science Force passe.

E. VV.

L'homme fin voiant le mal s'eſt caché, les ſimples paſſans outre, ont ſou-
ſtenu les dommages. Pro. 27. 12.

SONET.

VN Chien estant venu à l'aage de vieillesse,
   De son maistre souuét des grands coups receuoit:
Pource que desormais plus chasser ne sçauoit,
Ainsi q'uil auoit fait le temps de sa ieunesse.

   Le Chien se voiant faire vne telle rudesse,
D'auoir quelque support son Seigneur il prioit:
Mais c'estoit bien en vain qu'abboiant il crioit,
Car on n'eut pas pourtant esgard à sa foiblesse.

   Ie voy bien dit alors, le miserable Chien,
Que c'est pour ton profit, si tu m'as fait du bien,
Mais i'en ay maintenant bien pauure recompense.

   A plusieurs seruiteurs, tout ainsi en aduient,
Quant ils ne font plus rien, d'eux plus conte on ne tiét:
Le seruice des grands n'est pas tel bien qu'on pense.

E. VV.

*Et le Roy Ioas n'auoit aucune ſouuenance de la miſéricorde, que Ioada
pere de ceſtui auoit fait auecq lui. Paralip. 24. 22.*

Dd

SONET.

L'Hyuer, vn Laboureur, ayant necessité,
   Ses bestes, pour manger, l'vne apres l'autre il tue:
Voire mesme à la fin les bœufs de sa charrue,
Oubliant qu'il deuoit par eux estre assisté.

   Ses Chiens tous estonnez de telle austerité,
Disoient: Si nostre maistre á tuer s'esuertue
Ceux dont il a besoin, à craindre est qu'il ne rue
De semblable façon sur nous sa cruauté.

   Gardons nous donc en téps de sa main dangereuse,
Pour ne mourir ainsy d'vne mort malheureuse:
Souuent le bon seruice est mal recompensé.

   Bien mal aux estrangers peut il estre amiable,
Qui mesme vers les siens se monstre impitoyable:
Pourtant, il fault fuir vn tel homme incensé.

E. VV.

L'homme miſericordieux fait bien à ſon ame, mais celuy qui eſt cruel, de-
boute auſsy les prochains. Pro. 11. 17.

Dd 2

L'Aſne & ſes trois maiſtres.

Comme vn pauure Aſne eſtoit ſeruant vn Iardinier,
Qui le battoit, dit il, à Iupiter ſupplie.
Pour vn maiſtre nouueau, & que point il n'oublie
A lui en bailler vn, qui ſoit plus familier.

Iupiter auſſy toſt luy bailla vn Tuillier,
Qui ſous peſants fardeaux, de plus grands coups le lie.
Il prie de rechef, qu'à vn autre il l'allie:
Lors Iupiter lui baille vn Conroyeur groſſier.

Ceſtui là ne faiſoit que de coups le repaiſtre,
Dont l'Aſne bien dolent d'auoir changé de Maiſtre,
Dit, que chez le premier tour le mieux il ſ'aimoit.

Qui eſt bien, par raiſon, & change à l'auenture,
Puis apres ſ'il endure vne peine plus dure,
Lors il priſe cela que deuant il blamoit.

E. VV.

Mais chemine ainſi que Dieu lui à departi chaſcun di ie comme le Sei-
gneur l'appelle. Et ainſi i'ordonne en toutes les Egliſes. Cor. 7. 17.

L'asne, le Bœuf, la Mule & le Chameau.

SONET.

L'Asne, le Bœuf, La Mule, & auſſy le Chameau
  Enſemble ſe plaignoient d'eſtre eſclaue de l'hôme,
Et meſme, qu'en ouurant de coups on les aſſomme:
Dont l'Aſne ſ'eſt faché d'endurer tel fardeau.

  Ie veux eſtre (dit il) pour vn plaiſir nouueau,
De la Mule porté, ſans plus trauailler comme
I'ay fait iuſques icy. Or le Chameau, en ſomme,
Et le Bœuf, pour manger, endurent ce fleau.

  Qui eſt mis pour ouurer, oiſif il ne doit eſtre,
Ains pour gaigner la vie à l'ouurage ſe mettre:
Dont l'Aſne ne fait conte, & ſi veut bien manger.

  Aucuns ſont tant groſsiers, qu'il ne ſçauent rié faire,
Fors laboureur la terre, & ne ſy veulent plaire,
Aimans mieux eſtre oiſifs qu'à l'œuure ſe ranger.

E. VV.

Tous ceux icy (manouuriers) ont eu esperance en leurs mains, & vn chafcun est sage en son art. Eccl. 3 8. 9 5.
Il ne se serront point sur le siege du Iuge Eccle. 3 8. 3 7.

Le Iongleur, le Singe, & le Marmot.

POur attraper argent, ce Iongleur, assez sage,
  Vn Singe & vn Marmot si bien apris auoit
A danser & sauter, comme faire il sauoit,
Qu'on prenoit grand plaisir à voir leur bastelage.

  Vne femme enuiron estoit, d'assez ieune aage,
Ayant en son giron des noix, qu'elle cassoit:
Le Singe la voyant, ainsi comme il dansoit,
Droit à elle s'en va, pour y auoir partage.

  Il prend le deuanteau, & cherche, le leuant,
Dont la femme eut plus peur, que de ioye deuant:
Mais croiez, qu'il y eut de tous belle risee.

  Quand la personne aussy laisse son bon scauoir,
Et suit son naturel, pour son plaisir auoir,
Merueille ce n'est pas, s'elle en est mesprisee.

E. VV.

Si l'Ethiopien peut muer sa pedu, ou le Leopard ses diuerses couleurs,
aussy pourrez vous bien faire, quand vous aurez aprins le mal.
Ierem. 13. 23.

Ee

SONET.

VN ieune filz ayant tout son bien despendu,
   N'auoit plus qu'vn habit, qui estoit sa vesture,
Voyant vne Arondelle avoler dauenture,
Iusques à sa chemise à le reste vendu.

   L'Esté vient, pensoit il, ainsi lay i'entendu:
Mais contre son espoir reuint grande froidure,
Qui martela son corps d'vne force si dure,
Que d'angoisse il en fut transi & morfondu.

   Et regardant l'Aronde à demi(de froid) morte,
Ah! dit il, C'est par toy qu'auons doleur si forte:
Ta venue m'a fait croire trop tost l'Esté.

   Celui qui en effect veut mettre quelque affaire,
Il y doit bien penser premier que de le faire:
On est souuent deceu par sa hastiueté.

E. VV.

Celuy qui rend maux pour biens, le mal ne se partira point de sa maison.
Prouer. 17. 13.

Ee 2

SONET.

ICi notable exemple, ô yvrongnes prenez
A ce Cerf, qui sautant apres sa beuuerie,
La iambe se rompit, par son yurongnerie,
Tombant parmy vn tronc: cecy bien retenez.

  Il faisoit les goblets remplis de vin tous nets,
Quand son maistre appelloit aucune compagnie,
Mais il prit son malheur en telle vilainie,
Qu'onc depuis ne beut qu'eau, ainsi vous abstenez.

  Ce Bacchus(desormais) ne veuillez plus ensuyure,
Car doux semble le boire auec quoi il enyure,
Mais le goust en deuient à la fin trop amer.

  Certes yurognerie est vilaine & infame,
Elle gaste le corps, & si fait perdre l'ame:
Qui bien y penseroit, ne la deuroit aimer.

E. VV.

La fureur d'Iurognerie est l'offense de l'imprudët, amoindrissant la force,
& causant playes. Eccle. 31.38.

Ee 3

L'Oiseleur & la Perdrix.

SONET.

VNe perdrix estant par vn Oiseleur prise,
Prioit d'estre laschee, & quelle ameneroit
De ses semblables tant en sa Ret, qu'il seroit
Content, & fort ioyeux d'auoir creu sa deuise.

Non, respond l'Oiseleur, hors tu ne seras mise,
Qui veut faire à autrui cela qu'il ne voudroit
Qu'à lui mesme fust fait, il merite (à bon droit)
D'estre pris au filez de sa mesme entreprise.

Puis donc que ie te tien maintenant en ma main,
Et sachant ton vouloir, sans attendre à demain,
La mort tu receuras, pour ton iuste salaire.

S'on punissoit ainsy, en chacune saison,
Celui qui entreprend de faire trahison,
Au traistres ce seroit vn exemple vulgaire.

E. VV.

Si tu possedes vn Ami, possede le en tentation, & ne se fie pas en lui de leger. Eccle. 6. 7.

La Perdrix & les Cocqs.

SONET.

QVelque bon Laboureur vne Perdrix achette,
La porte à son maison, au Poulalier la met
Auprés des Coqs, & là, vn murmurant cacquet
Auecq grands coups de becs lui tombent sur la teste.

Cela ne lui pleut pas, ny la place mal nette:
Mais peu de temps aprés, de costume, il eschet,
Que les Coqs se battoient, dont sur le cœur lui chet,
Qu'elle se p ouuoit bien de souffrir tenir preste.

Si ces Coqs(disoit elle)estans d'vn naturel,
Souuent l'vn contre l'autre ont debat si cruel,
Ie puis bien prendre en gre la peine que i'endure.

Ainsi faut il apprendre à porter doucement
La haine des peruers, qui coustumierement
Chargent autrui (à tort) de querelle & d'iniure.

E. VV.

Quand tu feras afsis pour manger auec le Prince, confidere diligemment
les chofes qui font mifes deuant toy. Pro. 2 3. 1.
F f

Le Laboureur & la Cigoigne.

SONET.

VN Ruſtaut pratiqueur, pour prēdre Oyes & Grues,
  Va tendre ſes filets finement à couuert,
Pource qu'elles venoient manger ſon bled en verd:
It fit tant, qu'à la fin elles furent tenues.

  Tandis qu'il attendoit des autres les venues,
Vne Cigoigne vint dans le filet ouuert,
Qui fut priſe & alors de priere ſe ſert,
Pour pouuoir librement ſ'enuoler vers les nues.

  Ie ne te fis (dit elle) onques dommage en rien,
Laiſſe moy donc aller. Tu mourras, auſſy bien,
Reſpond le Laboureur, puis qu'icy ie te trouue.

  On doit ſoigneuſement des meſchans ſ'eſtranger,
Craignant d'eſtre ſurpris auec eux au danger
De la punition, que Vengeance leur couue.

E. VV.

Que misericorde & verité ne te delaissent point, enuironne les autour de
son col & les escripses tables de ton cœur. Pro. 3.3.

SONET.

CEste pauure Brebis estant du Loup chassee,
  Fait tout ce qu'elle peut pour de lui eschapper.
Elle court si long temps, se gardant de chapper,
Que dans vne Chapelle ouuerte s'est lancee.

  Puis dedans vn autre huis elle s'est auancee,
Et le Loup pas, à pas qui la pense happer,
Lui mesme au mesme lieu s'est venu attraper,
Animant contre lui sa poursuyte incensee.

  Car de grande roideur si auant se fourra,
Qu'en tournant ferma l'huis, & dedans s'enserra,
Don plus à la Brebis de nuire il n'eut enuie.

  Ces engouleurs aussy, qui tousiours voudroiét bien
Deuorer l'Innocent, & ne lui laisser rien,
Sont à la fin surpris de leur rage allouuie.

E. VV.

Et cet homme là contemploit, sans sonner mot, pour sçauoir si le Seigneur
auoit donné bonheur à son voyage, ou non. Genes. 24.21.

Ff 3

Iuppiter & le Serpent.

SONET.

IVppiter celebrant vn conuiue excellent,
Y prie tous les Dieux, pour faire plus grand'feste:
Mefme de chacun genre y arriue vne befte,
Pour faire à ce grand Dieu quelque honnefte prefent.

Vne Rofe vermeille y porte le Serpent,
Et lui va prefenter: mais Iuppiter reiette
Le donneur & le don, & des autres accepte
Tous les prefents, defquels, il fe tient fort content.

Apres il dit tout haut (faifant à tous entendre)
Que des mauuais ne faut iamais aucun don prendre:
Tel donne aucunefois, que c'eft pour deceuoir.

Ainfy celui qui dreffe au Seigneur fa priere,
Eftant plein de malice, il eft mis en arriere:
Ce n'eft pas tel prefent que Dieu veut receuoir.

E. VV.

Donne au Souuerain, selon ce qu'il t'a donné: & fay en bon œil l'inuention
de tes mains. Ne veuille point offrir mauuais dons: car il ne les
receura point. Et ne t'adonne à faire sacrifice iniuste.
Eccl. 35. 10. 12. 13.

SONET.

LA Mouche fit present de son miel amiable
   Au puissant Iuppiter, lui priant humblement,
Que quiconque en viendroit prendre furtiuement,
Estant d'elle piqué, qu'il mourust miserable.

   Iaçoit qu'à Iuppiter ce don fust aggreable,
Voyant son mauuais cœur, Ie veux tout autrement
(Dit il) que tu ne fais : car le mesme tourment
Qu'à autrui faire veux, te sera dommageable.

   Quand de ton aguillon quelqu'un piqué auras,
S'il demeure en sa chair, sans doute tu mourras :
Car en ton aguillon consistera ta vie.

   Priere à Dieu ne plait, faite d'vn mauuais cœur :
Et qui à son prochain porte haine ou rancueur,
Le mal tombe sur lui, quil a de faire enuie,

E. VV.

Et quand ses disciples, à sçauoir Iaques & Iean virent cela, ils dirent:
Seigneur veux tu que nous disions que le feu descende du Ciel & les con-
sume. Luc. 9. 52.

Gg

SONET.

Bien orné de plumart, d'eſtriers, de bride, & ſelle,
  Seul alloit à la guere vn Cheual courageux.
Vne Truye voyant que fort auantageux
Et hardy ſe monſtroit, comme il paſſoit, l'appelle.
  Helas, pauure Cheual, tu ten va (ce dit elle)
Metre en hazard de mort au combat outrageux.
Et toy, dit le Cheual, dans ce bourbier fangeux,
Penſes tu là trouuer vne vie immortelle?
  Tu ne vis que bien peu, puis on te met à mort
Sans gloire ny renom, & moy, par mon effort,
Mourāt pour mon Seigneur, i'obtien loz perdurable.
  Beaucoup ne faiſans rien, viuent cōme pourceaux,
Et mangent nonobſtant les plus friands morceaux:
Et pluſieurs, par leur faiɛts, cherchēt gloire honorable.

E. VV.

Adonc i'oui vne voix du Ciel, me disant: Bienheureux sont les morts qui meurent au Seigneur. Desormais (dit l'Esprit) qu'ils se reposent de leurs Labeurs, car leurs oeuures les suiuent. *Apoc.* 14. 13.

L'Asne, chargé de bois, & le Cheual.

SONET.

LE pauure Asne estimoit vn Cheual bien heureux,
D'autant qu'on le tenoit en estat magnifique;
Et lui, qu'estant chargé, sans repos on le pique,
Dont il se reputoit beaucoup plus malheureux.

Or aduint qu'on mena ce Cheual vigoreux,
Bien armé de tout poinct à quelque guerre inique.
L'Asne à considerer diligemment s'applique,
Voyant domté cellui, qui mesme est rigoreux:

Ah! dit il, i'ayme mieux estre humble Asne à l'ou-
Que Cheual à la guerre, auec vn fier courage,   (urage
Où il ne faut qu'vn coup pour y estre abbatu.

L'heur ne gist pas tousiours en richesse ou puissance:
Le pauure est plus heureux, quand il a suffisance,
Estant bien reuestu de constante vertu.

E. VV.

Mieux vaut le patient que l'home fort, & celuy qui domine sur son cou-
rage, vaut mieux que celuy qui conqueste les villes. Pro. 2 6. 3 2.

Gg 3

SONET.

VN superbe Cheual se promenant, sans guide,
Trouua soubz vn grand faiz vn pauure Asne basté:
Qui ne s'est du chemin pour le Cheual hasté,
Iaçoit qu'il fust orné d'estriers, de selle, & bride.
   Pour peu, dit le Cheual à cet Asne stupide,
Te fouleroy-i'aux pieds: l'Asne alors de costé
Soudain (de peur) se mit. Apres, fut deputé
Ce Cheual (estant vieil) pour mener fange humide.
   Son maistre auoit repris tout son braue ornement:
Dont l'Asne le voyant traité si pauurement,
Et bien amy, dit il, d'ou vient ceste meschance?
   Ainsi à l'orgueilleux communement aduient,
Qui ayant esté riche en fin pauure deuient,
Et par son arrogance est mis à non-chalance.

E. VV.

Il a fait puissance par son bras: il a desconfit les orgueilleux en la pensee
de leur cœur. Luc. 1. 15.

Le Coq de Flandres & le Coq d'Inde.

SONET.

EN Flandres fut vn Coq superbe,& fort ialoux,
 Qui en se promenant,& brauant au possible,
Rencontra vn Coq d'Inde,amiable & paisible,
Dont il fut tout esmeu,& troublé de courroux.

 Aux poules & poulets le Coq d'Inde estoit doux,
Et conuersoit auec sans leur estre nuisible,
Mais le Flandrois lui fit vn combat si terrible,
Que les poules n'osoient approcher pour les coups.

 Le Coq d'Inde voyant qu'ē paix n'eust sceu là estre,
Va chercher autre lieu,pour en repos se mettre,
Estimant bien heureux qui est en sa maison.

 Aucuns sont si peruers,& si chargez d'enuie,
Qu'vn Estranger ne peut chez eux gaigner sa vie,
Tant ils sont estrangez d'equitable raison.

E. VV.

Si aucun estranger habite en vostre terre & demeure entre vous, vous ne luy reprocherez point. Leuit. 19. 33.

H h

Le Milan malade.

SONET.

COm me vn Milan estoit au lict tout languissant,
  Pour le mal qu'il sentoit, il appelle sa mere:
A laquelle il a dit, auec douleur amere,
Qu'elle priast pour luy au Seigneur tout puissant.

  I'ay besoin de santé, dit il en gemissant.
Mais sa mere, respond d'vne voix bien seuere,
Dieu (dit elle) punit cil qui ne le reuere,
Et qui n'est a sa Loy fidele obeissant.

  Or tu l'as contemné, & commis grande offense,
Les Temples violant: pourtant donques ne pense
Que Dieu face mercy, quand on l'offense ainsy.

  Qui Dieu ne reconoit en toute reuerence,
Des bien-faicts qu'il reçoit en la conualescence,
Dieu le delaisse aussy en son triste soucy.

E. VV.

Si i'ay regardé iniquité en mon cœur, le Seigneur ne m'exaucera point.
Psal.95.18.

L'Austruche & le Rossignol.

SONET.

L'Austruche se vantoit de son braue plumage,
Et le Rossignolet de son chant gringoteux.
Ensemble debatans, vouloient auoir tous deux
Sur tous autres Oiseaux de l'honneur l'auantage.

Mes plumes(dit l'Austruche)apportét grád gaignage
Pour seruir d'ornement aux hommes genereux.
Et (dit le Rossignol)par mon chant doucereux,
Aux Amans langoureux i'esueille le courage.

Ton plumage(dit il)n'est qu'amorce d'orgueil.
L'Austruche,à ce propos,engendrant quelque dueil,
Se teut.Lors,en chautant,le Rossignol sen vole.

Aucuns estans doüez de faconde ou, beauté,
S'estiment les premiers d'une Communauté,
Par estre trop enflez d'une arrogance sole.

E. VV.

Vn chacun prise sa marchandise.

Car qui est ce qui te met en reputation? & qu'est ce que tu as que tu n'ayes receu? pourquoy t'en glorifies tu, cōme si tu ne l'auois point receu? Cor. 4. 7.

La vieille Cigoigne.

AV monde n'est Oiseau qui ait vn tel souci
  D'esleuer ses petits, d'vn amour fauorable,
Que la Cigoigne fait, tant elle est pitoiable,
Comme en les nourrissant bien elle monstre aussi.
  Car si soigneux deuoir elle fait en ceci,
Qu'à ses ieunes en laisse exemple memorable,
Pour bien se souuenir à faire le semblable,
Et qu'on doit au besoin s'aider l'vn l'autre ainsi,
  Les ieunes retenans l'amiable nature
De leur pere & leur mere, ils prenent aussi cure
A les entretenir, quand en vieillesse ils sont.
  La personne doit bien faire toute assistence
A pere & mere, alors qu'ils en ont indigence,
Veu que des Oiseaux (mesme) à leurs parens le font.

E. VV.

Le pere du iuste se resiouit de ioye : & celuy qui a engendré le sage se re-siouira en iceluy. Pro. 2 3. 24.

SONET.

CE pauure Asne chargé de bonne nourriture,
   Tant boire que manger, se crauante aporter
Pour en nourrir autruy: mais pour se sustenter,
De chardons & d'eau paist sa seruile nature.

   Vn Pinse-maille aussy, qui prend peine si dure,
Sans aise ne repos, pour les biens augmenter,
En quel plaisir luy peut son deuoir proufiter,
Veu qu'auec ses grands biens pauureté il endure?

   On void communement qu'il en aduient ainsi,
Qu'un tel est si chagrin, & si plein de souci,
Que de son propre bien n'a plaisir ne seruice.

   Et peut estre vn Prodigue à la fin jouyra
De ce qu'à grand trauail amassé il aura:
Voila le plaisant fruit de la serue Auarice.

E. VV.

L'homme à qui Dieu a donné richesses & cheuance & honneur, & n'y a rien
qui defaille à son ame de toutes les choses qu'elle desire: & toutefois Dieu ne
luy a pas donné puissance d'e pouuoir manger: mais vn hôme estrange le de-
uorera: ceste chose est vanité, & tresgrande misere. Eccle. 6. ².

I

Le Cigne & la Cigoigne.

SONET.

QVand le Cygne se void approcher de sa mort,
Il se met à chanter d'vne vois non-pareille:
Dont la Cigoigne estant esbahie à merueille,
Lui demande pour quoi il s'esioüit si fort.

Ce n'est (dit il)en vain que ie pren reconfort,
Et ne faut ia pourtant que nul s'en esmerueille,
Car ie sen mon repos qui prochain s'appareille,
Pour me tirer d'vn lieu comblé de desconfort.

I'ay esté en peril tout le temps de ma vie,
Laquelle n'a esté qu'a trauail asseruie,
Et maintenant la mort finira mes trauaux.

Ainsi se doit tousiours preparer la personne
A volontiers mourir,quand le Seigneur l'ordonne:
Car tant plus elle vit,plus elle fait de maux.

E. VV.

Le meschant sera debouté pour sa malice: mais le iuste a espoir en sa mort.
Pro. 14. 32.

L'Oiseau Phœnix.

SONET.

Le seul Oiseau Phœnix, à la fin de sa vie,
  Apres auoir vescu six cens & soixante ans,
Vn arbre va choisir, quand il sait qu'il est tans,
Aupres d'vne fontaine, à fin qu'il y desuie.

  Où, pour faire son nid, tel qu'il en a enuie,
Casse branches d'encens, & rameaux bien sentans,
Et autres odeurs prend, à luy se presentans,
Dedans son beau pays de l'heureuse Arabie.

  De ses æsles apres son nid il bat si fort
Au Soleil, qu'il se brule: puis de ses cendres sort
Vn Ver, qui en Phœnix apres se renouuelle.

  Cecy peut demonstrer, que Iesus s'est offert
A son Pere, en son temps: puis ayant mort souffert,
Sa Resurrection nous rend vie nouuelle.

E. VV.

A ſçauoir que vous oſtiez le vieil homme, quant à la conuerſation prece-
dente, lequel ſe corompt par les concupiſcences qui ſeduiſent. Eph. 4.22.

Ii 3

SONET.

Aimez Iustice, vous, qui la terre iugez
Et si vous abondez en richesse mondaine,
N'y mettez voftre cœur: mais fuyant chose vaine,
Faites droit deuant Dieu, aidant les affligez.

Et imitant le bien, du mal vous eftrangez:
Car, ainfi comme dit la bonté fouueraine,
Le iufte fleurira (fa parole eft certaine)
Comme la Palme fait: en ce vous foulagez.

Exercez donc iuftice, & ce qu'elle commande,
Rendant à vn chafcun le droit qu'il vous demande,
Et vous ferez de Dieu & des hommes amis.

Pour exemple fuiuez la Cigoigne amiable,
Qui d'vn droit naturel, certes bien admirable,
De fon nid tous les ans difme vn de fes petis.

E. VV.

Crain Dieu, & garde ses commandemens: car c'est le tout de l'homme. Eccle. 12. A.

TABLE DES TILTRES ET SENTENCES
appropiées aux Figures.

Fautes & corrections.

Le premier nombre denote le feüillet, & le second la ligne.

Au second huytain, au vers 5. pour Cil, lis S'il. au 3. huytain vers 1. pour viens lis vienca. au dernier, vers 5. pour l'ennuy lis l'enuy. vers 8. pour fait tout, lis fait pas tout 7. 9. pour grande, lis grand. 8. 2. pour la à lis à la. 17. 7. pour Truye pleine lis Truye fort pleyne. 18. 2. pour fa, lis sa. 19. 5. pour ia, lis ie. 26. au Tiltre, pour du Brebis, lis de la Brebis. 27. 11. pour plus nuire, lis bien plus nuire. 41. 5. pour corage, lis courage. 53. 7. pour nous voulons, lis, nous ne voulons 53. 11. pour paisible, lis paisible. 80. 5. pour soffloit, lis souffloit. 82. 6. pour escuelle pleyne, lis, escuelle assez pleyne. 82. 8. pour que, lis qui. 86. au Tiltre pour pomet, lis promet. 90. 11. pour mallaise, lis malaise. 93. au Tiltre pour enuiex, lis enuieux. 100. 8. pour laissant, lis laissant. 109. 2. pour son maison, lis sa maison. 110. 4. pour It fit, lis Et fit. 211. 11. pour don, lis dont. 112. au Tiltre pour rompets, lis trompez. 119. 11. pour chantant, lis chantant.

A ANVERS.
Chez Gerard Smits, pour Philippe Galle.

www.ingramcontent.com/pod-product-compliance
Lightning Source LLC
Chambersburg PA
CBHW070501030726
47503CB00004B/1125